no meio do caminho tinha um amor

Matheus Rocha

No meio do caminho tinha um amor

SEXTANTE

Edição: Alessandra J. Gelman Ruiz

Revisão: Ana Grilo e Cristhiane Ruiz

Diagramação: Natali Nabekura

Ilustrações e capa: Phellipe Wanderley

Impressão e acabamento: RR Donnelley

CIP-BRASIL. CATALOGAÇÃO NA PUBLICAÇÃO
SINDICATO NACIONAL DOS EDITORES DE LIVROS, RJ

R574n Rocha, Matheus
No meio do caminho tinha um amor/Matheus Rocha;
Rio de Janeiro: Sextante, 2016.
176 p.; il.; 14 x 21 cm.

ISBN 978-85-431-0379-2

1. Crônica brasileira. I. Título.

16-33809 CDD: 869.8
CDU: 821.134.3(81)-8

Rua Voluntários da Pátria, 45 – Gr. 1.404 –
Botafogo – 22270-000 – Rio de Janeiro – RJ
Tel.: (21) 2538-4100 – Fax: (21) 2286-9244
E-mail: atendimento@sextante.com.br
www.sextante.com.br

Ao destino e às suas incansáveis formas de me inspirar e me mostrar que seguir é sempre o caminho. Em frente. Enfrente! Entrego estas páginas nas mãos do amor, pois dessas quatro letras unidas em palavra surgiram todos estes parágrafos.

À minha amada mãe, Ana, pelo apoio incondicional e por me conceber com o dom da vida e da escrita.

AGRADECIMENTOS

A Alessandra J. Gelman Ruiz, por dar vida ao meu sonho.
A Daniel Mota, por me ajudar na construção deste livro.
A Phellipe Wanderley, pelas cores com as quais pintou estas páginas.

SUMÁRIO

COMEÇO

NÃO LEIA ESTE LIVRO

Antes de tudo, quero pedir a você que não leia este livro. Não deite simplesmente seus olhos sobre ele, mas sim converse com estas palavras. Quero que você tenha aqui um apoio, um amigo, um parceiro. Alguém que o escute e diga tudo aquilo que você precisa ouvir – ler –, sem a menor pretensão.

Se puder, pegue lápis, caneta, marcador ou algo que o ajude a deixar suas impressões sobre o papel... Qualquer coisa que permita a você interagir comigo, com as palavras, com as frases, com as nossas vidas descritas em forma de texto. Não tenha pena. Risque as páginas se sentir vontade. Vá além de apenas entender o que eu quero dizer. Mostre-me, com suas próprias palavras, que eu estava certo ou perdidamente errado quando escrevi estes parágrafos.

Demonstre amor, paixão, compaixão ou até repulsa, se for o caso, mas não deixe estas páginas saírem da sua vida assim como elas entraram. Cruas. Sem pedaços de você. Sem que sejam marcadas por partes suas. Acredito no poder da leitura como um estímulo para a vida. Como força motriz. Como algo que nos leva, eleva, além de apenas estarmos em qualquer lugar lendo um livro.

Eis que este punhado de papel é a realização de um sonho. Ou vai além disso... Aqui remonto, reconto a minha própria história como pessoa. Como ser humano. Como ser errante, mas um verdadeiro aspirante a ter um bom coração.

Depois desta pequena confissão, depois deste convite para escrever comigo, quero lhe entregar tudo o que tenho de mais precioso no mundo: minhas palavras.

Leia com carinho. Foi de coração para coração. O seu. Antes que eu me esqueça, alguém precisa ser sincero com você. E eu... Ah, eu provavelmente serei.

fim

O MEDO DO FIM

Às vezes me pergunto aonde as nossas diferenças ainda vão nos levar. Mas tenho medo do fim. Tenho medo do "nunca mais" ou até mesmo de um "até logo", de um tempo que possa não ser suficiente para trazer você de volta. É que tudo em mim cresce, extrapola os limites, cega meus olhos. Sinto que machuco você.

Como pode, meu Deus, alguém sentir que ama outra pessoa e fazer mal a essa criatura na mesma proporção? Talvez sejam só pensamentos passageiros. Ou talvez seja culpa da madrugada, da insônia, das inquietações do estômago ou das vontades loucas e descabidas que a gente tem quando a saudade aperta.

Talvez a vida a dois fosse mais fácil se existisse um *felicitrômetro*, algo que medisse a felicidade do casal. Que conseguisse precisar quanto um necessita do outro, quanto é só vontade, fogo de palha, paixão, amor, desejo, tesão ou comodismo.

Sei que, dizendo isso, assim, à queima-roupa, parece que o amor se foi, que não estou bem ou que não quero mais. Mas é o contrário. Quero tudo. Quero muito. Mas não sei se consigo fazer você feliz do jeito que merece. Não sei se todas as minhas palavras são capazes de responder às suas perguntas ou se as minhas questões não soam mais tão interessantes.

Sinto que não dou o tom certo quando você quer cantar. Que não empresto as minhas asas quando você quer voar. Sinto que me transformei em um peso que impede você de

o amor
é algo
tão belo
quanto
incerto

alcançar as nuvens. Sinto que meu medo de machucar faz você ficar aqui, no chão, sem viver grandes aventuras, com boias para o caso de inundações ou enchentes.

Talvez o amor seja a loucura de não saber se você faz o outro feliz, mesmo quando essa é a sua maior vontade. O primeiro pensamento ao abrir os olhos. Talvez a paixão seja a pitada de carinho que amansa os dias mais revoltos, indomáveis.

Talvez eu não só te ame tanto, como tenha um medo absurdo de perder você. De ver você escorrer entre os dedos, de não ter braços para fazer você caber no meu abraço, de não ter o gosto do beijo certo para fazer você querer me beijar sem parar, sem precisar respirar, sem sequer pensar em sair daqueles segundos que deveriam ser minutos, horas, dias, meses e anos que eu quero passar ao seu lado. Te amo.

Descobri, com o passar das minhas noites em claro, que o amor é loucura. É falta de sanidade. De sensatez. De medidas. O amor não reconhece espaços, não se rende a obstáculos, fronteiras, não olha para os lados. Ainda que existam outros sete bilhões de pessoas no mundo, escolhi estar aqui. Aqui imaginando seu rosto ao dormir, com expressão de paz, com cara de quero mais. Quero mais você. Quero mais a gente. Quero mais dias de felicidade.

Às vezes me pergunto aonde as nossas diferenças ainda vão nos levar. Mas agradeço por você não parecer tanto assim comigo. Fica mais fácil achar mais motivos para admirar você. Para me apaixonar. Assim tem mais graça deixar você sem graça, com cara de vergonha, e entender por que, apesar de achar que lhe faço um mal danado, também lhe faço bem. Eu te quero bem, te quero pra mim. Sem fim. Feito rima de poema chinfrim.

Como pode, meu Deus, alguém sentir que ama outra pessoa e fazer mal a essa criatura na mesma proporção? Não sei. E talvez nunca saiba. Talvez eu não queira descobrir. Quero fazer só a minha parte, ainda que a minha arte não seja tão bonita assim. Quero escrever que te amo, que não é engano, que não sou piano, mas toco até bolero de Ravel para ter você.

Não sei se todas as minhas palavras são capazes de responder às suas perguntas ou se as minhas questões não soam mais tão interessantes. Mas ainda assim quero lhe fazer mais uma pergunta, a primeira e a última: ainda quer namorar comigo? Não suportaria mais um dia sem a certeza de que ainda tenho você pra mim.

É TARDE DEMAIS

Queria começar dizendo que te amo e só por isso resolvi ficar. Mas já é tarde demais. É perigoso ficar sozinho vagando por aí. Ainda mais dentro de um relacionamento que teria espaço suficiente para nós dois. O fim, hoje, é o nosso novo começo.

Sabe, custou muito, mas aprendi que o amor não é desculpa para duas pessoas ficarem juntas. Ele pode até ser a consequência. Mas o motivo, a causa, é a vontade. Só a vontade. Nada além dela me faria ficar aqui, apesar de que você insiste em pensar. Mas até ela passou. Assim como todos aqueles nossos momentos felizes que já ficaram para trás. Que foram soterrados por tantos desencontros, desentendimentos, desamores que sentimos um pelo outro.

Quando duas pessoas escolhem ficar juntas, elas assinam um pacto de que são responsáveis por tudo aquilo que dá certo, mas, sobretudo, por tudo aquilo que faz doer. Assumo, assim, que tenho 50% de culpa no cartório. O resto, coloca junto com aquela nossa foto que fica na tela inicial do celular, as alianças, os sonhos, e leva embora. Faz uma fogueira enorme e usa isso para se aquecer. Meus braços já não podem mais te envolver e te proteger.

Sei que somos mais um entre milhões de outros casais que juraram amor eterno e se desfizeram. A gente tem a mania da eternidade dentro do peito. O medo de que o presente não seja suficiente nos faz prometer coisas como es-

nem sempre
as histórias
têm final
feliz

tas, que nunca vamos nos deixar. Às vezes, até já de malas prontas para partir.

O amor acaba. Nossa! Que triste constatação. Até hoje achei que isso era coisa apenas da paixão. Mas seria tolo, seria infantil se negasse para mim, para você e para Deus e todo mundo que te amei. Com cada arrepio. Com cada suspiro de prazer. Com cada gota de suor que sai do meu corpo em contato com o seu. Mas é uma lei da física que Newton talvez tenha preferido esconder: o amor acaba.

Ou melhor, ele não só acaba. Ele leva consigo tudo aquilo que a gente jurou ter feito para suportar os tsunamis. Os furacões. Os terremotos. Afinal, ninguém constrói uma casa esperando que ela venha ao chão. Ninguém escolhe estar com alguém pensando num prazo de validade. Num adeus sem até logo. Num sonoro, doloroso, mas necessário, "Segue seu rumo, vou seguir o meu".

Respiro fundo.

É isso. Já não me resta mais nada a dizer. Acho que cabe um último agradecimento por todas as vezes que você me deu asas. Que me fez voar, ainda que sem tirar os pés do chão. Depois você me tirou o chão, mas eu já não tinha mais asas. Não tem problema. Eu flutuo. Porque um coração tranquilo é leve! Saio dessa relação com a consciência tranquila de que fiz o que pude. Dei o meu melhor. O resto são as histórias que a gente vai contar por aí. Ou fingir esquecer.

DÉJÀ-FOI

Meu bem, para o nosso bem, aceitemos que não dá mais. Que essa foi a nossa última chance. Não adianta ficar tentando coisas novas porque ainda somos os mesmos. Já decorei a lista de promessas que fizemos um ao outro, em vão. Estão todas guardadas na gaveta, varridas para debaixo do tapete imaginário que esconde as marcas deixadas nos dias.

E olha, eu sei que a culpa não é só sua. Afinal de contas, o romance era nosso. Mas, às vezes, é moralmente necessário decretar falência. É melhor terminar um show com uma música animada, porque aí todo mundo volta pra casa feliz. Com lembranças boas.

Vamos guardar na memória as partes que sorrimos. As lágrimas, cada um derrama sozinho. E seca também. Recaídas não valem a pena. Não quando nenhum de nós já não tem mais repertório nem para discutir. E rever o que precisou, mais de uma vez, ser revisto.

Já ouviu falar em déjà-foi? É quando a gente simplesmente enche o saco. Dá no pé. Entende que finalmente chegou ao fim. Aquela sensação de que já vivemos alguma coisa e que aquilo não deu certo. Ou deu por um tempo e depois perdeu a graça.

É como um livro que a gente compra julgando a capa e o resumo, mas no primeiro capítulo já deixa pra lá. Depois tenta ler de novo. E desiste. Simples assim. Ainda bem que existem diversos livros inéditos esperando para serem lidos. Não vamos persistir mais nesse.

não adianta
tentar coisas
novas

porque
ainda
somos os
mesmos

FINAL INEGÁVEL

A verdade é que quando alguma coisa desanda, quando sai dos trilhos, não dá certo, a primeira coisa que a gente para pra pensar é: onde foi que eu errei? E, daí em diante, tentamos, às vezes desesperadamente, arrumar tudo. Colocar cada coisa de volta em seu lugar. Dar pontos. Costurar. Colar. Em vão... Algumas coisas são mais sensíveis que cristal, se é que isso é possível. Quando quebram, se espatifam em um bilhão de micropartículas.

E essas coisas, logo essas, são aqueles sentimentos que a gente julgava ser tão fortes, sólidos e resistentes quanto diamante. Uma pedra que, quando esculpida da forma certa, vale muito, vale demais, mas que, nas mãos erradas, passa por qualquer cristal, como um brilhantezinho desses de bijuteria.

Diante desse nosso final inegável, quero dizer que tentei de tudo. Fiz tudo que estava ao meu alcance. Ou melhor, fui além. Já nem lembro mais em que momento da nossa história deixei de ter um limite. Uma barreira. Uma demarcação que dissesse que dali em diante não iria mais, não daria nem mais um passo.

Corri léguas, me fiz de bom, de ruim, de desinteressado, de interessante, senti ciúmes, fiz você sentir, tentei todos aqueles joguinhos dos casais que vejo por aí, mas nada adiantou. Venceu o nosso prazo de validade, que foi até curto, por sinal. Mas o que posso fazer se amar sozinho não dá? Não rola. Comigo não.

há coisas mais
sensíveis
que cristal

quando quebram
fica impossível
reconstituir

Se for para amar sozinho, amo o espelho. Dele, eu não espero quase nada. Para ser sincero, muito pouco. E o coitado ainda me retribui todo e qualquer sentimento. Sorri quando faço graça. Acena de volta. Só não abraça. Mas não tem problema, não. Me viro com os amigos e os travesseiros.

É melhor a gente entender que não dá mais para apostar as fichas em um time perdedor. Então é isso. Valeu. Como dois desconhecidos que já se amaram desesperadamente, nos cruzaremos por aí. Guarde com você nossos momentos felizes, mas uma coisa eu peço: não sinta saudades, não. Esse sentimento vai ser o mais perto de mim que você vai chegar de novo. Não perca mais tempo com isso.

PASSOU. ACABOU

Ainda agora estava lembrando como a gente se conheceu. Será que você ainda se lembra de todo aquele meu papo meio nervoso, tentando agradar, completamente perdido no assunto, mas jurando que adorava cantar suas músicas favoritas? Sempre me perdia no meio, só cantarolava o refrão, mas a gente sorria.

Acho que você nunca soube que, entre tantas outras pessoas e beijos e toques, você foi uma das poucas que me fizeram acreditar que ainda havia uma luz nesse fim de túnel dos perdidamente apaixonados. Pena que essa luz era o farol de um trem.

Nossas diferenças eram gritantes, eu sei, você também sabia, talvez até mais que eu, mas era tão lindo aquele faz de conta de que a gente seria para sempre... Quer dizer, você também, com certeza, mais que eu, sabia que o prazo de validade era inevitável. Parecia não se envolver. Agora, só depois de toda a poeira ter baixado, consigo perceber isso.

A saudade queima, sabe? A saudade é tão forte que é um sentimento quase físico. Não é só uma memória. Não são apenas pensamentos. São mãos que apertam o peito, a garganta, que cutucam os olhos só pelo prazer de ver as lágrimas jorrarem feito cachoeira.

Nem sei por que estou dizendo isso tudo. Ou melhor, não sei por que estou me dizendo isso tudo, já que nunca teria coragem de lhe enviar mais essa mensagem de texto. Mas faz bem colocar para fora, entende? Ainda que eu me imagine

o faz de conta pode ser lindo,

mas nunca vai existir de verdade

falando isso tudo, no fim das contas só estou escrevendo pedaços de amor nessa tela de celular, enquanto, em qualquer outro canto da cidade, você dorme com os anjos.

E é melhor que seja assim. Distantes. Com essa mensagem sendo desescrita a cada nova letra que o cursor aponta. Se fosse o inverso, você nunca entenderia o que achou que tivesse deixado claro entre a gente: "Não quero mais te ver. Quero que você apareça na minha memória como uma lembrança boa, mas que se continuar presente, não vai virar passado". Passou. Acabou. Entende, criatura?

(Esse final era pra mim... Assimilei. Sacudi a cabeça. Vou dormir. Não deveria estar digitando isso ainda. Começando a apag

SIGA EM FRENTE E SEJA FELIZ

Agora vá e, por tudo o que a gente viveu, não olhe para trás. Siga seu rumo, siga sua sombra, siga em frente. Mas sem mim. Sem a escolta da nossa amizade, sem o porto seguro para onde você corria sempre que o chão ameaçava ruir.

Me tornei aquele tipo de gente que a gente odiava, lembra? Aquele tipo sem memória, que esquece de ligar no dia seguinte, que não manda mensagens de texto, que não curte uma foto, que não responde recado, que manda indireta, que está sempre ocupado. Me tornei tudo aquilo que eu mais odiava porque, assim como eu, você também se tornou tudo aquilo que eu menos esperava.

As coisas costumam mudar, e geralmente é quando a gente menos espera. É preciso ser mais rápido que as mudanças e se adaptar. Procurar novos rumos, viver novas aventuras, ouvir outros tipos de música. É que a gente cansa, entende? A gente enche o saco de ficar correndo atrás de quem não faz a menor questão da nossa presença.

É muito fácil seguir feliz. A felicidade é um misto de amnésia e anestesia. Apaga pessoas e dissolve dores. Nesse meio-tempo, a solidão caminhou ao meu lado, me fez companhia, me colocou pra dormir, moldou meu corpo. Mas ela chega para todos. E isso não é nenhum tipo de praga que lhe rogo, é só constatação. Quando os dias de tédio ou a carência de colo procurarem você, faça como eu: siga. Siga seu rumo, siga sua vida.

uma das melhores qualidades
do mundo é que
gira

Sempre fiz o tipo que é o melhor amigo, que se esforça pra ser a melhor companhia, que não gosta de incomodar. Apesar do meu jeito calado, sempre observei tudo, os mínimos detalhes. É que a dor é sempre mais forte quando pisam no nosso calo, não é mesmo? Se estivesse no meu lugar, talvez as coisas parecessem piores.

Mas não tem nada, não. Uma das melhores qualidades do mundo é que ele gira. Sempre assim, um dia após o outro. Uma semana após a outra. Não é a primeira vez que nos encontramos na esquina da vida, e com certeza não será a última. Mas dessa vez é diferente. Eu estou indo embora. Indo embora de uma história que teria tudo pra ser bela se os atores fossem menos egoístas e os nossos corações, menos necessitados. No mais, é isso. A gente se vê por aí, se ouve falar por alguém.

ADEUS SEM VOLTA

Antes de tudo, desculpa. É que eu não sou maduro o suficiente para simplesmente fazer de conta que não doeu, que não sinto saudade, que me acostumei com a falta que você me faz, que está tudo bem. Para ser sincero, não está. Mas... Não se preocupe, eu já vi esse filme antes. No final, o mocinho vira a página, arruma um amor e segue em frente. Os vilões, ops, esses sempre acabam sozinhos.

Pelo menos, é isso o que todo mundo anda me dizendo. Que você não me merecia. Que você vai sofrer mais que eu. Sério? Será mesmo? Confesso que daqui, de onde minha visão permite alcançar, não vejo todas essas voltas que o mundo aparentemente, com toda a certeza que tenho tentado aprender a ter, vai dar.

Até pouco tempo atrás, eu custava a entender duas coisas que você me disse: seu adeus sem volta e seu pedido de tempo, sem tempo. Hoje, tudo faz sentido. Algumas pessoas inventam desculpas esfarrapadas quando não sabem dizer que o amor acabou. Sim, ele acaba. Mas só se um dia existiu.

Revendo todas as nossas conversas, as nossas mensagens trocadas, e sim, eu faço isso, quem não faz? Claro, você... Mas, pulando essa parte, percebo que sempre fui o que corria atrás. O que pedia desculpas mesmo sem ter culpa alguma. O que fazia, de repente, ficar tudo bem. O que estampava um arco-íris no céu logo após cada tempestade (em copo d'água) que você criava.

algumas pessoas
inventam desculpas
esfarrapadas
quando não
sabem dizer

que o amor
acabou

Acho que a gente deixou de andar para a frente quando percebi que estar com você era como andar de costas. Assim... Dizem que faz mal. Para ser sincero, percebi que sim. Falta a visão de futuro, o olhar em frente. Fitar, por exemplo, o mar. Era como lidar com o inesperado o tempo todo, torcendo para que uma pedra, uma palavra ou um sentimento seu não me fizesse tropeçar. Cair de bunda. Isso. Esperando o tempo todo por um pé na bunda. Um adeus sem volta. Um tempo, sem tempo.

E ele veio. E veio quando eu menos esperava. Mas não tem problema, não. O jogo vai virar. E olha, não lhe desejo mal algum. Nem sequer o sofrimento pelo qual eu passei e tenho passado. Vai passar. Eu sei que vai. Ainda vamos rir disso. Sou evoluído demais para manchar meu peito com qualquer rancor. Se tem uma coisa que eu aprendi na vida foi a usar momentos como esse de escada.

PERDAS

Perdoe a minha confissão, o meu desabafo, perdoe esse meu jeito sincero que é capaz até de perguntar: "Será que ainda somos amigos? É que já faz um tempo que não sei nada sobre os seus dias. Já tive tanta vontade de lhe contar o caos que se instaurou nos meus, mas algo entre a gente se perdeu. Não sei se foi a intimidade, a confiança, a vontade ou, de fato, a tal da amizade."

Lembro-me de quando motivo nenhum era motivo suficiente para perdermos noites inteiras de sono falando besteiras, desdenhando das pessoas, xingando quem merecia ou fazendo qualquer coisa parecida por esporte. Por graça. A vida era uma piada tão bem contada... Tinha um colorido especial. Tinha o sabor da nossa amizade. Tinha eu, você, nós dois juntos para tudo o que pintasse. Para todas as desventuras, inclusive para os dias de calor e tédio. Os domingos à tarde.

Acho que amadurecer é meio isto: perder algumas pessoas pelo caminho, pela estrada. Jurar que vamos marcar qualquer coisa, um cinema ou um chope no fim de semana, um barzinho, uma viagem, um encontro, um show, nada. É isso. Nunca marcamos nada. Nunca fazemos nada. Nunca mais a gente. Nunca mais a nossa amizade. Nunca mais a sua presença que já era necessária na minha vida. Nas minhas horas. Nas minhas noites de insônia.

Será que ainda somos amigos? É que sinto sua falta. E não é vergonha nenhuma assumir isso, mas essa verdade já

a gente não pode culpar o relógio

por tudo

não muda mais nada. Parece que a poeira que recobre os móveis das casas abandonadas também se espalhou entre nós. Por todo o nosso afeto. Parece que a maresia do mar que corrói os móveis, a geladeira e os pés dos sofás corroeu alguma coisa que existia entre a gente. E talvez já não seja mais possível recuperar o que restou. Tampouco o tempo perdido.

Perdoe a minha confissão, o meu desabafo, perdoe esse meu jeito sincero que é capaz até de afirmar, com todas as letras e ausência de sentimentos: "Nós não somos mais, de fato, amigos. Parece que já foi, entende? Parece que já deu. Somos agora tão diferentes do que já fomos um dia... Parece que as peças simétricas que éramos, que faziam das nossas diferenças complementares, sofreram algum tipo de metamorfose. Viramos borboletas que voaram para longe umas das outras. Batemos asas para novas realidades, novos momentos, novos sentimentos, novas experiências, novas amizades. É aquilo que dizem sobre amadurecer. Encerrar ciclos. É aquela coisa que chamam de viver."

Pena mesmo é não termos tido tempo para uma despedida à altura dos nossos momentos de glória. Das nossas crises de riso. Das nossas piadas internas. Das nossas confissões. Dos nossos galhos quebrados, ombros, ouvidos e colos emprestados. Por falta de um adeus sincero, empurramos isso com a barriga. Fingiremos ainda saudade, fingiremos ainda que é só culpa do tempo e, de jeito nenhum, falta de interesse. "Ah, vamos marcar alguma coisa?" Vamos! Marcar de aceitar que não somos mais amigos e deixar de vez a vida um do outro.

Limpando a casa, o coração, tirando do armário, da caixinha de recordações e, principalmente, do peito as roupas, os sentimentos e as lembranças que não servem mais; certamente coisas novas, pessoas e emoções diferentes chegarão. Se eu já não sei mais como você passa o seu tempo, não mereço o estandarte de amigo. Entregue-o a quem merecer. Já cumpri a minha missão. Escrevi até onde deu a minha parte na sua história.

PARA SUPERAR

PARTE I

E, de repente, já não existem mais planos, projetos, uma casa decorada para abrigar o nosso amor, não há férias de começo ou meio de ano, não tem mais cinema nas noites de sexta-feira depois de uma semana inteira de saudade. Já não somos mais um. Somos agora alguns. Qualquer um. Perdidos, sozinhos em meio a outras dezenas de solidões vagando na multidão desta cidade.

É estranho para mim pensar que, para nós, simplesmente acabou, sabe?! É que eu, de uma forma singular, via um *pra sempre* nos nossos olhos. Como se, depois que nos encontramos, tivéssemos zerado as nossas missões nesta vida. Como se o quesito amor tivesse aquele sinal verde que indica missão cumprida na lista de coisas a serem feitas.

Mas eu estava enganado. Mais uma vez. E só Deus é testemunha de quanto isso doeu. É como se, naquele momento, alguém me rasgasse ao meio. Partisse meu coração em mil pedaços como se faz com uma folha de rascunho.

Será que você acredita que nós não fomos felizes? Eu sentia tanta paz nos seus abraços... Sem falar nos seus beijos, no seu cheiro, no seu colo, eu... É isso mesmo que você quer? Fingir que nunca nos vimos? Que eu apague seu número do meu celular junto com todas as nossas milhares de fotos e lembranças e cartas apaixonadas que trocávamos em cada data comemorativa?

me perdendo em você, achei uma parte de mim que tanto procurava

PARTE II

Tudo bem. Eu não entendo, mas aceito. Não sei se você se lembra de tudo aquilo que eu contava sobre o que me amedrontava nessa história de estar apaixonado. Não sei se você ainda se recorda de todas as minhas crises de insegurança, de achar que, de alguma forma, eu não era suficiente para você. Lembra? Então, obrigado. Obrigado por me ajudar a superar isso.

Com mais esse toco que recebo, consigo enxergar claramente, por entre as lágrimas que escorrem dos meus olhos, que o problema não sou eu. Ou melhor, é. Sou eu. Costumo aceitar qualquer migalha de atenção que me dão e finjo que enchi a barriga.

Obrigado pelo nosso desencontro. Me perdendo de você, achei uma parte de mim que tanto procurava. Parece que a dor, depois que a ferida cicatriza, nos oferece uma nova pele. Mais firme. Grossa, mas não menos macia. Só... resistente. Você me fez perceber que eu também posso ir embora de uma história. Que posso superar uma tragédia, transformá-la em fábula e ainda tirar uma lição de moral.

A FLOR E OS ESPINHOS

Existe uma Constituição secreta que legisla sobre todos os casais da Terra. Nesse conjunto de leis e acordos cabe quase tudo. Alguns gostam de desafiar limites na cama, outros preferem jantares românticos, alguns gostam de determinar a importância das datas, outros pedem que jamais sejam traídos. A gente fazia parte do grupo que queria tudo isso e mais uma porção de sensações. Ou melhor, eu queria.

Nem todos são capazes de assumir grandes responsabilidades, eu sei. A minha parte racional até entende, só não aceita. Acredito que seja impossível perdoar uma traição, porque só a palavra já pesa mais do que posso suportar. As ações me envenenam.

É exatamente assim que me sinto. Envenenado. Meio morto. É como se alguém regasse a nossa roseira com uma espécie de herbicida. É como se, por mais que os espinhos estivessem ali para nos proteger dos toques, das aproximações alheias, alguém jogasse mais baixo. Mais sujo. Alimentasse nosso amor com veneno. E assim o fizesse murchar. Fazendo secar todos os muitos momentos que só precisavam de um pouco de luz para desabrochar. Florescer. Encantar.

Seria ridículo da minha parte culpar apenas os responsáveis pela jardinagem. Seria infantil da minha parte dizer que também não tive uma parcela de culpa, ainda que não tão grande. Mas acho que você foi a pior das decepções. Sabe quando a gente não espera? Sabe quando estamos andando distraídos

de traição
em traição
o coração
enche o
saco

pela rua e chutamos um daqueles postes pequenos e só percebemos o que aconteceu quando sentimos a dor? Eles não medem mais que a altura da canela, mas provocam uma dor que não é só física. É uma dor que ecoa por dentro da gente. Que parece crescer. Que chega ao ápice e depois congela. E só dói de novo se tocarmos na ferida.

O nosso amor foi tão doce que talvez você tenha enjoado a ponto de procurar qualquer outro sabor mais salgado. Qualquer sabor mais exótico. Qualquer sabor mais amargo. O mesmo que fica hoje na minha boca quando lembro das suas promessas.

Existe uma Constituição secreta que legisla sobre todos os casais da Terra. Nesse conjunto de leis e acordos cabe quase tudo. Alguns admitem joguinhos sexuais com mais uma parceira ou mais um parceiro. Com mais um casal. Outros perdoam traições e chegam até a ignorar os fatos. Os atos. Fingem que nada aconteceu. Comigo, não. E achei que para você era a mesma sentença: prisão perpétua. Cadeira elétrica. Injeção letal.

Digo isso porque faz parte da Constituição da minha alma ser de uma única pessoa. Não consigo dividir minha atenção, meus pensamentos, meus sonhos, meu corpo, não consigo dividir meu amor. O prazer nem entra em jogo. Acho que sexo por sexo é uma coisa meio *blasé*. Mas eu sei que existem outros milhões de pessoas que se sentem ouriçadas. É um direito de cada um.

Mas, no nosso acordo, pela nossa lei, era proibido beijar outras bocas. Era proibido tocar outros corpos nus. Era proibido tudo o que nos proibisse de continuar a ser um par. Não deu. Já não dá. Só quero agora que você siga adiante. Toque seu barco. Para sumir da minha estrada. Procure outras formas de diversão que não incluam usar meu coração como passatempo.

Existe uma Constituição secreta que legisla sobre todos os casais da Terra. Nesse conjunto de leis e acordos cabe quase tudo, menos brincar com os sentimentos de outra pessoa. A traição é, para mim, o pior dos atos. A gente doa carinho, atenção, empresta amor e recebe um cuspe no meio da cara. É essa a sensação que eu tive. Você escarrou nos meus sentimentos. Mas eu vou limpar, não tem problema. Se for esse o preço que eu preciso pagar para ter você longe de mim, assino o cheque. Passo o cartão. Pago à vista e não quero sequer desconto. Fique com o troco. Você vai precisar nos dias de solidão.

meio

ÀS VEZES TORRÃO, ÀS VEZES TURRÃO

Acho que devo confessar que nunca achei que a sinceridade fosse um defeito. Digo qualquer coisa sem filtrar antes. Sem pensar antes. Sem pesar antes. Quando vejo, já foi. Já disse.

Aí é tarde demais para voltar atrás. Porque desculpas, amigo, só deixam em paz quem feriu. Nenhuma ferida cicatriza sem deixar sequer uma marca, por menor que seja, depois de uma palavra de arrependimento. Diminui o peso, muda as coisas de lugar, mas não apaga nada. A verdade é essa.

Durante muito tempo engoli em seco todos os sapos que as pessoas jogavam na minha direção. Aceitei calado desaforos, esporros, ofensas, xingamentos, olhares tortos, pessoas invejosas, pessoas negativas, imperativas, gente que julgava ter nascido com o rei na barriga, pessoas que pensavam que o sistema solar girava em torno do próprio umbigo.

Depois de muito baixar a cabeça, de esconder as lágrimas, de tentar conter a raiva, aprendi que a melhor defesa é o ataque e comecei a tomar isso como verdade. Se, só por acaso e hipoteticamente, um pitbull tentasse me atacar, eu reagia com uma alcateia raivosa. Jamais corria como uma presa fácil para me esconder e tentar desviar os olhares. Eu partia para a briga.

Confesso que esse meu jeito, digamos, durão, já me salvou de diversas enrascadas. Mas também, como bom ser humano que sou, já me levou a magoar, ainda que levemente,

Se a sinceridade é um grave defeito o que é então a falsidade?

algumas pessoas que eu amava. Que eu amo. Que significam muito para mim.

Foi aí que eu entendi que, às vezes, por mais que as desculpas não nos tirem a culpa, elas amenizam ao menos o ardor da ferida. É como um remédio que, mesmo não agindo instantaneamente, cura. Cicatriza as beiradas até que todo o arranhão seja pele nova outra vez.

Só assim aprendi que algumas pessoas amam tanto você que o aceitam como é. Às vezes, torrão de açúcar, às vezes, um velho turrão. Às vezes, um bobo apaixonado, outras, um ciumento desvairado. Mas, independentemente do temperamento, sempre, sob todas e quaisquer hipóteses, sincero. Verdadeiro, principalmente consigo mesmo. Vai ver isso é mesmo uma qualidade. Ainda que soe como um grave defeito.

SOBRE DAR E RECEBER

Mais uma vez estou aqui, de frente comigo mesmo, tentando assimilar todo esse filme que minha mente insistentemente exibe nas horas que me rouba de sono.

Depois de revisar cada passagem da minha vida, depois de rever repetidas vezes os tombos, os tropeços e os escorregões, percebi que o problema não está no que as pessoas me oferecem, mas sim no que elas fazem com o que eu tento, de bom grado, oferecer.

Existem diversos tipos de sanguessugas na natureza. Alguns seres humanos compõem a pior espécie. Eles roubam memórias, sonhos, sorrisos e, em troca, só oferecem momentos que serão no futuro motivo de lágrimas ou pedidos de esquecimento.

Entendi que dar amor, carinho, afeto e atenção não é errado. Não é pecado dar ao outro aquilo que você gostaria de receber. No fim, é só o seu jeito. É só você sendo você mesmo. Se o outro lado, se a outra parte, amigo, não sabe receber afago, que ela lide com suas próprias frustrações. Não adianta mudar nossa essência por algo que não deu certo, por alguém que não vale a pena.

Agora, diante de todo o passado e das incertezas do futuro, entendo que uma das coisas mais preciosas que carrego comigo é a minha consciência. E olha, ela não pesa. Pelo contrário. Pego no sono todas as noites com a sensação de dever quase cumprido. Digo "quase" porque sei que ainda existe muita coisa a ser feita. Muita coisa que quero fazer.

não vale a
pena mudar
nossa essência
por alguém
que não vale
a pena

Tenho plena convicção de que nunca usei ninguém. Nunca quis um passatempo. Nunca fiz ninguém de tapa-buraco para tapar os do meu coração. Sempre reservei espaços únicos àqueles que entraram nessa bagunça do meu peito. E não me arrependo porque, no fim, é isso que importa. O que você deixou de bom na vida do outro.

Algumas pessoas têm pouco demais pra si para conseguirem ser capazes de dar algo a alguém. Por isso elas roubam a nossa felicidade. É para tentar encaixar em suas infelizes vidas nosso sorriso mais sincero.

ADORNOS OU ACESSÓRIOS

Tem um oceano desaguando em mim e tudo o que eu queria era calmaria, maré mansa. Tenho atravessado os dias pedindo calma, rezando por paciência. Tenho tentado conter ansiedades, reter expectativas, fazendo o que está ao meu alcance para que os dias sejam mais leves, para que meus ombros não doam tanto e o sono não seja apenas fuga da realidade.

Hoje tenho uma nova meta de vida que envolve dosar o peso individual de cada dia. Por exemplo, se algo que eu desejo muito vai acontecer na próxima semana, de nada adianta perder noites à sua espera. O que for meu chegará até mim. Se o dia de hoje depende muito mais da minha atenção, não adianta partilhá-la inteiramente com algo que ainda há de vir.

Confesso que não é fácil viver segundo a segundo sem pensar nas tantas horas que faltam para o dia recomeçar, sem lembrar quantos meses ainda faltam para o ano acabar, sem imaginar quando finalmente a minha hora vai chegar. Mas de nada adianta perder minha juventude, vigor e virilidade em prol de causas pouco nobres. De nada adianta ter 20 e poucos anos e descobrir cabelos brancos de preocupação.

Uma das principais batalhas que travo comigo mesmo é tentar entender quais vontades fazem parte das minhas reais necessidades. É parte da vida viver cercado de futilidades, mas em algum momento a gente precisa parar e entender se aquele amontoado de coisas, de seres e de sentimentos representa

tem um oceano desaguando em mim mas eu só queria calmaria

de fato algo indispensável para a nossa felicidade ou se são meros acessórios. Adornos.

Tenho rezado por paciência nos dias que seguem. Tenho implorado por bom senso. Tenho ponderado e agido impulsivamente na mesma intensidade, e não mais pensado tanto antes de agir. Às vezes tudo o que a gente precisa é ouvir o coração, por mais que digam por aí que isso é ridículo.

Ninguém é tão razão que não se sinta emocionado. Ninguém é tão emoção que não saiba reconhecer, em algum momento, a hora certa de dizer não, de parar ou de voltar atrás.

A vida, meu amigo, é vasta. Os campos e caminhos a seguir são plurais. E nós, tão singulares. Que eu, agora, entenda que minhas energias devem ser gastas com ações que surtam efeito. Engana-se quem pensa que felicidade é lugar a se chegar. Felicidade é o caminho. Quero apenas seguir o meu.

NINGUÉM ALÉM DE MIM SOU EU

Gosto dos malfeitos feitos. Gosto dos malditos ditos. Gosto de gostar de não me importar, de deixar pra lá, que digam, que falem, que façam. Gosto de dar a cada um a liberdade de pensar sobre mim o que bem quiser.

Quem sou eu para forçar você a me ver com bons olhos? Me veja como me enxerga. No fim das contas, independentemente do valor que me dão, sempre serei uma visão um tanto quanto deturpada diante dos olhos dos que me interpretam. É que ninguém além de mim sou eu.

Até para desgostar de alguma coisa precisamos de bons motivos. Não adianta gastar latim, não adianta gastar inglês, galês ou até meu português com quem não faz a menor questão de me reconhecer. Os amigos já o fazem. Alguns até muito bem. Os inimigos, que por sinal não tenho, deveriam seguir pelo mesmo caminho.

Ainda que de um lado estejam os prós e do outro os contras, sigo o meu caminho em linha reta, sem pender para canto algum. Sou, no fim das contas, a única pessoa que irá percorrer a minha história. Sendo assim, sou o único a quem devo satisfação.

as pessoas tomam como verdade aquilo que lhes convém...

ALÉM DO COMODISMO

Ao contrário do Cazuza, mentiras, ainda que sinceras, não me interessam nem um pouco. Preciso adiantar. Gosto de tudo às claras. Transparente, se for possível. Gosto de jogar com as cartas na mesa, sem trunfos, blefes ou seduções baratas na manga.

O amor pede uma honestidade que poucos têm. Indo direto ao assunto, não entendo por que a gente ainda perde tempo com gente que evidentemente não nos ama. É um suplicar por afeto. Um implorar por atenção. Uma necessidade de ser, por favor, querido. Amigo, o mundo é vasto, plural. As pessoas estão aos montes pelas ruas, nos bares, em boates, nas festas e principalmente dentro de casa, na internet.

Não se desgaste com quem não sente o mesmo que você. Siga em frente. Siga sua história. Aceite a dor, que, garanto, é momentânea. Tão passageira quanto a vida. Tão curta e intensa quanto uma topada. Não tem luz nem escuridão, dor ou exatidão. Quem quer você vai a pé do Brasil, passando pela Lua, e chega ao Japão. Faz das tripas coração. Faz do impossível piada.

E, juro, essas pessoas existem. Só que você nunca vai conhecê-las. Não vai conhecer porque prefere ficar aí onde está, do jeito que está, com quem está, por medo. Medo de ser sozinho. Sozinha. Por medo da solidão. E acaba assim, como também está, com uma solitária companhia que enfeita seu status, mas não enche sua barriga. Seu peito. Seus

não duvide
nem por um
segundo:
você consegue

olhos. Ouse ir além do comodismo do amor. Ame, acima de qualquer coisa, a si mesmo. Dê adeus a uma história que já acabou antes do fim. Recomece. Não duvide nem por um segundo: você consegue.

EU QUERO MAIS

Mais uma vez, tudo em mim se fez novo e, ao mesmo tempo, a saudade de muitos anos me faz companhia. Tinha projetos, aspirações, metas, tudo traçado. Vitórias em vista, alguns percalços no caminho e ninguém para dividir uma conta barata, só para a comida servir de pretexto para meia dúzia de palavras trocadas.

Confesso que venho tendo, ao menos nos últimos tempos, muitos encontros, apesar da solidão que se tornou minha sombra. Gente de todos os tipos, de todos os níveis, de todas as cores e formas, até algumas personalidades indigestas me rodeiam e passeiam pelas horas dos meus dias. Tenho me apaixonado regularmente, como quem escolheu um corte de cabelo e vai, todo mês, aparar as pontas.

Acontece que meu coração nem acelera mais. Ele se cansou de todos os amores banais. Dos encontros casuais, das conversas fiadas e dos tocos por troco. Dos bolos. Dos foras. Dessa gente insegura, imatura, infantil e sem brio que quer uma aventura, e não alguém que a tire da zona de conforto para confortar seus medos.

O amor, no fim das contas, é um imenso gesto de amizade. Não são apenas mãos dadas, beijos e corpos colados, suados, dividindo prazer. São momentos em silêncio, sem dizer nada, mas compartilhando uma vida inteira, repleta de perdas e ganhos só com um simples encontro de olhar.

Decidi que quero muito mais para mim. Quero um amor

meu coração
nem acelera
mais

ele se cansou
de todos os
amores
banais

das antigas, desses que seguram as pontas apesar das crises. Um amor que não cobra. Um amor que não suga. Um amor que devolve tudo aquilo que eu, sem pedir nada em troca, entrego de bom grado. Coisas como, por exemplo, minha atenção, meu tempo. Minha solidão.

As duas maiores provas de amor que você pode oferecer a alguém são o carinho e o cuidado. Porque dizer que ama, meu amigo, é muito fácil. "Eu te amo" são três palavras indolores que, na encenação de vários atores, soam como as verdades de Shakespeare. Fáceis de serem ditas da boca pra fora, às vezes quase que impossíveis de serem entendidas do coração pra dentro.

Eu quero mais para a minha vida. Quero alguém que some, que não suma, que escolha, apesar de todas as nossas diferenças gritantes, ficar. Mas não porque é mais seguro, mais bonito ou menos doloroso. Quero um ficar inteiro. Um ficar da cabeça aos pés, passando principalmente pelo coração. Quero alguém que me eleve à potência máxima de tudo aquilo que eu sou. De tudo aquilo que eu quero ser. De tudo aquilo que, juntos, podemos nos tornar. Sobretudo felizes.

FRAQUEZAS

E mais uma vez fui fraco. Mas fraco pra caramba. Fraco pra cacete. Resumindo: procurei você.

Dessa vez, não mais nas minhas memórias. Não mais no nosso passado. Não mais naqueles sorrisos. Procurei e disse que te amava. Mesmo sabendo que, durante muito tempo, talvez até por toda a nossa história, tenhamos sido um casal em que um amava por dois. Nesse caso, eu. Por nós.

Procurei você porque eu nem sei onde estava com a cabeça. Ou melhor, sei sim. Só não queria mais me privar desses impulsos, desses atos desvairados, loucos, inconsequentes. Eu te amo... disse isso de uma só vez, como quem atira um vaso com toda a força contra a parede e assiste ao seu estilhaçar.

Às vezes a gente precisa correr atrás de quem não dá a mínima ao nosso amor só para ter certeza de que aquele alguém não merece mais ser amado. Que é hora, ou pior, já passou da hora de essa história acabar.

É aquela coisa de pagar pra ver, só que torcendo com todos os dedos cruzados para não doer. Tolice. Sempre dói. Uma dor cortante, dessas que fazem a gente sangrar por dentro, sem nenhum corte aparente.

De fora, ninguém nota. De longe, quase ninguém vê. Para ser sincero, ninguém sequer imagina que nesse peito aqui ainda pulsa um amor. Aquele amor. Uma saudade. Uma vontade louca de ligar e dizer: "Volta. Tudo aqui ainda é seu."

às vezes, a gente precisa ir atrás do que quer para descobrir que não precisa daquilo

CHORO PORQUE SOU HUMANO

Aconteceu uma coisa incrível comigo: tirei minha roupa de super-herói. Deixei de lado a capa, os supostos superpoderes e até mesmo meu coração de pedra, aquele insensível que só bombeia sangue para enrijecer os músculos, para me dar uma força incomensurável para continuar.

É meio louco isso que acabei de dizer, não é? Sei que você deve estar pelo menos um pouquinho curioso. "Que porra é essa de superpoderes que ele está falando? Será o efeito de alguma droga alucinógena? Será que ele bebeu?" A resposta é sim para todas essas perguntas e mais uma porção de outras que você vai fazer até o final deste desabafo.

Eu era um jovem como milhares de outros espalhados mundo afora. Confesso que nunca fui o mais sexy, o mais engraçado nem mesmo o mais extrovertido. Sempre morei dentro de mim. Sempre participei das rodas de conversa falando mais comigo mesmo do que com qualquer outra pessoa que estivesse à minha frente. Mas isso são só detalhes. Trejeitos. Até aí, nada de anormal.

Minha vida mudou mesmo na primeira decepção amorosa. Nossa... Que grande merda! Até então eu me sentia inteiro. Depois, aos pedaços. E cada caco do meu peito trouxe consigo uma sequela diferente depois que lutei contra todos os sentimentos possíveis para colocar cada coisa em seu devido lugar.

Desde que o amor me fez de trouxa, o ciúme, a insegurança, a ansiedade, a insônia, a falta de apetite ou a fome exa-

Não morra dentro de você

Não permita que nada nem ninguém mate a sua essência

gerada, a angústia, o medo e vários outros amigos sombrios começaram a me oferecer alento, carinho. Me deram abrigo e me mostraram um caminho seguro por onde andar. Apontaram a saída para escapar do fundo daquele poço.

Você já pode imaginar onde tudo isso foi dar. Deu no que sou hoje. Para facilitar as coisas, não precisa me analisar muito. Acontece que, com o passar das noites em claro, renasce dentro de cada um de nós uma versão mais sóbria, durona e que engole o choro. Cada topada é um novo trauma, um novo bloqueio, principalmente sentimental. E me tornei assim. Sou frio. Ou fui, até ontem à noite.

Quando tirei a roupa de super-herói ontem, antes de dormir, me permiti entrar em contato com sentimentos que eu jurava ter matado dentro de mim. E, de antemão, garanto uma coisa: chorei como poucas vezes em toda a minha existência. Parecia que uma barragem havia se rompido e meu peito se esvaía em lágrimas. Em prantos. Um choro baixinho, silencioso, calado, para ninguém acordar. Para nem sequer as paredes se darem conta do que estava acontecendo. Não me julgue por me esconder assim... Esse foi só o primeiro passo.

Sei que até agora nada faz muito sentido para você, mas talvez, depois desse conselho, sua vida mude e tudo o que eu disse ganhe algum significado: não morra dentro de você. Não permita que nada nem ninguém mate a sua essência. O que e quem você é. Seus sentimentos.

Em hipótese alguma permita que filho da puta nenhum arranque de você o direito de chorar. De se arrepiar. De se arrepender. De se apaixonar. De pirar. De enlouquecer. De se lembrar a cada anoitecer de que o dia seguinte vai ser melhor do que a noite de hoje, porque é justamente isso o que acontece.

Durante muito tempo, eu me senti dormente. Adormecido. Como se alguém tivesse anestesiado meu corpo, minhas sensações, meus sentidos. Talvez a barragem que se rompeu em mim tenha deixado vazar uma espécie de xilocaína que amortece sentimentos. Essa era a droga com a qual eu me dopava. Esse era o meu superpoder. A vodca com que me embebedava. O HOMEM QUE NÃO SENTIA NADA. Que tosco!

Eu poderia ser o Batman!

Deixei minha capa de lado para vestir meu pijama e chorar vendo uma série, o comercial do Dia dos Namorados. Aceitei minha condição de ser humano que ri, que perde a linha, que nem sempre sabe o que falar, que nem sempre sabe o que quer comer, que não tem só uma cor favorita e que adora as músicas que causam arrepios.

Hoje não sou mais o mesmo cara que acordou ontem pela manhã porque me permiti uma coisa que a sociedade dos contentes condena: eu chorei. Feito criança de colo com fome. Feito a minha mãe assistindo a um filme. E foi bom. Pela primeira vez eram lágrimas de felicidade. Até isso mudou. Nunca tinha experimentado deixar a felicidade me invadir em forma de lágrimas.

Por isso eu peço: não se transforme em mais um insensível que passa o dia replicando que está feliz em todas as redes sociais e não se comove com a situação do país, com as crianças que sentem fome, com a guerra no Oriente Médio, com a porra do amor que a gente queria a todo custo que fosse correspondido ou que durasse pelo menos cem anos e só acabasse quando os motivos fossem suficientes para recomeçar. UFA!

Sou um super-herói aposentado. De hoje em diante, o dia será salvo pela minha consciência tranquila ao encostar a cabeça no travesseiro e ter a certeza absoluta de que me permiti sentir tudo que era possível.

E antes que este papo acabe, quero dar uma banana imaginária para todos aqueles repressores dos choros em público. Para todos aqueles que acham besteira se emocionar, se render aos sentimentos. Minha próxima etapa é assistir a um filme água com açúcar e ver no que dá... Mentira. Não preciso mudar meu gosto para dizer que sou chorão.

É isso. Até logo.

Eu disse chorão? Não precisa tirar sarro por isso.

EXPERIÊNCIAS FUNDAMENTAIS

Para todos aqueles que não acreditam em milagres, eis a história do nosso desamor. É um conto, uma prosa, recheada de altos e baixos, de aprendizados, de lágrimas, ainda que não opcionais, mas aprendi a conviver com ela, a não rejeitá-la, a aceitá-la como parte do processo natural de fechar ciclos.

Te amei como eu nem sabia que era capaz. Me entreguei como nunca havia pensado em fazer antes. Para ser sincero, sempre condenei quem se jogava de cabeça num relacionamento. Quem perdia o chão, o rumo, por alguém. Quem resumia a vida ao namoro. Àquele momento. E quebrei a cara. Só para variar.

Sempre acontece. Ou melhor, acontece todos os dias, nos quatro cantos do mundo. Um amor que, sem a menor cerimônia, vira dor. Um sorriso que murcha feito uma rosa ganhada de aniversário. Que seca dentro das páginas da nossa história. Que vira pó. Que some como se nunca houvesse existido.

O mais curioso no amor é isto: ele é feito de vários clímax. Quando começa, quando termina, tudo é intenso. Ao menos comigo sempre foi assim. Sou sempre oitenta. Acho que o oito não me cabe. Não por inteiro. Fica faltando algo. Talvez seja por esse meu gigantesco coração, que tem a mania de dar abrigo ao mundo.

Sofri, viu?! E juro, deixando todo o exagero de lado, que achei que nunca fosse parar de doer. Sentia que sangrava. Que

Cicatrizes são as lembranças das feridas de alguém que lutou e sobreviveu

escapava pelos poros. Pelas lágrimas dos olhos. Porém... Tem coisa mais mágica do que quando o mundo gira, para no mesmo lugar e então... não dói mais? Eu garanto: não tem.

É como sentir a pior das dores de cabeça e pegar no sono tentando escapar dos labirintos que comprimem seu corpo em forma de dor e, na manhã seguinte, sentir a paz. Se livrar daquele peso. É mágico! É... surreal. Não existe palavra que melhor se enquadre.

Hoje, depois de tantas noites perdidas remoendo o nosso passado e procurando meus possíveis erros, eu nos perdoei. Tanto a mim quanto a você. Cada um de nós por seus respectivos 50% de culpa. Mas também de acertos.

Decidi reconstruir minha vida. Escrevi um novo roteiro para a minha história e estou seguindo em frente. Com um coração novo. Transplantado de mim para um novo eu. Mais maduro. Sóbrio. Experiente, mas nunca (eu disse nunca!) descrente do amor. Más experiências são fundamentais para darmos valor às boas. Às próximas. Amém.

FUI

Recebi por e-mail uma oferta bem barata para um cruzeiro de lua de mel e imediatamente você me veio à cabeça. Mas não foi uma lembrança qualquer. Foi tão forte que nem pude conter as lágrimas. Já não era mais saudade. Era um pedaço de querer que ficou guardado. E para se desprender do peito doeu. Sangrou tanto que me fez chorar.

Desculpa. Eu nunca escolhi deixar de te amar. Jamais faria isso se pudesse, para falar a verdade. Se fosse só vontade, a gente embarcaria no porto mais próximo só com as roupas do corpo. Se, só por acaso, faltassem agasalhos, eu ia querer vestir seu cheiro. Seu gosto. Seus braços. Mas é tarde demais.

O problema dos cruzeiros, dos barcos, dos navios, é que chega uma hora em que o balanço do mar enjoa. Dá tédio. Monotonia. E, como se não bastasse, até as tormentas a bordo são mais violentas do que a segurança da beira da praia. Comparando você como uma dessas embarcações, foi por isso que preferi pular fora. Saltei da nossa relação sem sequer vestir um colete salva-vidas. Sei que foi loucura, mas chega uma hora na vida em que você se vê incapaz de amar outra pessoa.

Vivemos um relacionamento desgastado. E o motivo pelo qual arrisquei minha própria felicidade lhe dizendo adeus foi esse. Preciso de alguém que me tire o fôlego. Que me beije para impedir que eu me afogue na minha própria existência. Que salve a minha vida mesmo quando eu estiver na segurança dos seus braços.

guie-se pela coragem

e aventure-se pela vida

Entre nós, era como se tudo já tivesse passado da meia-noite. Como se já fosse tarde demais. Já não víamos a vida com a mesma cor. Com a mesma graça. O mesmo e-mail da oferta para a lua de mel se transformaria numa imensa discussão. Mesmo que não fosse minha vontade pensar sequer na data de um impossível casamento, para você era perigoso demais falar até em viajar para comemorar nosso aniversário de namoro. Uma alergia a compromissos. A dividir a vida. A deixar uma escova de dentes na minha casa ou me ceder uma gaveta do seu guarda-roupa.

Desculpa. Pensando bem, escolhi sim deixar de te amar. Optei por isso quando você não me deixou outra escolha. Você me impediu de te querer bem. De te querer com todas as forças. Você me privou da maravilha de te beijar e resgatar nossa história, tal qual um salva-vidas luta contra o tempo, com todas as forças, para salvar um banhista que se afoga no mar do amor.

Só para você saber, me rendi à tentação. Viajo agora, no fim do mês. Resolvi não ficar esperando o amor bater em minha porta para que eu possa conhecer o mundo. Vou sozinho mesmo. Serei a minha melhor companhia, como eu sempre fui desde que me entendo por gente. Talvez a monotonia do mar seja pior com a solidão, mas, diante de tudo o que passei, a única certeza é: prefiro descobrir os sentimentos vivendo. Cansei de ter medo da felicidade. *Au revoir!*

SOBRE VIVER

Procuramos instintivamente, todos os dias, do nascer ao pôr do sol, alguma coisa que nem sabemos direito o que é. Nos ensinam em casa, na escola, nas aulas de educação física, química, nas aulas da vida, que devemos viver em busca da felicidade, mesmo sem saber que rosto ela tem, por qual nome atende, se fica depois do arco-íris ou se mora embaixo da cama junto com o bicho-papão.

Nos enfiam goela abaixo, por todas as 24 eternas horas do dia, desejos e sonhos de consumo, amores perfeitos e músicas para nos enganar, sempre um jeito novo de dizer a mesma coisa: busque a felicidade.

Talvez fosse muito mais fácil viver com o texto todo ensaiado, sabendo direitinho o que dizer, onde estar, com quem, como, quando e por quê. Uma vida roteirizada, uma trama bem-feita, bem escrita, com uma trilha sonora incrível, sabendo que choraríamos quando fosse preciso mais emoção e sorriríamos escancaradamente quando as dores passassem. Uma vida novela das oito, que começa às nove e dura só Deus sabe quanto tempo.

Se a vida fosse programada, já nasceríamos sabendo quem amar, se viveríamos sempre na mesma cidade, se teríamos filhos, se nosso primeiro beijo seria aos 15, 16, 17, 35 anos ou até mais cedo. Saberíamos também que o primeiro amor partiria nosso coração em mil pedaços e os demais o transformariam, até o fim da vida, em uma partícula ainda menor que o átomo.

Sem mudança não há evolução

E se não for por ela, não há razão para viver

Desconfio que a melhor parte da vida são as surpresas que aparecem no caminho. Um olhar, um gesto, um sorriso novo. Coisas pequenas que atravessam nosso destino todos os dias para dizer que a vida pode seguir um rumo diferente. Alguma coisa que mostre que ir em frente é uma obrigação pessoal e intransferível. Suponho quase intimamente que todas as dificuldades que a vida nos impõe são só provas de resistência, testes e ensinamentos para que possamos lidar bem com nós mesmos e com tudo de melhor que ela nos preparou.

Nesse processo de transformação diária, a maior luta que podemos travar é tentar assimilar as imposições do destino e, de alguma forma, manter a alma pura, limpa, algo que se aproxime muito da nossa essência – coisa que volta e meia pensamos em deixar de lado para conseguir (sobre)viver.

Ai de mim se não fossem as minhas insatisfações e os nós na garganta. Se não existissem noites maldormidas, angústias e sonhos. Uma vida perfeita não me traria os desafios de que preciso para evoluir, crescer e me tornar o que sempre quis ser.

Quanto à felicidade, essa que não me ensinaram a achar, mas que me deram a missão de encontrar, aviso que posso demorar um pouco, mas vou chegar. Peço para já me esperar com a mesa posta e algo para beber. Estou indo com fome e sede ao pote. Quero me fartar de tudo o que ela pode me oferecer. Você, se estiver disposto a longas jornadas, pode até me acompanhar. Senão, mando um postal quando chegar.

CORAÇÕES SOFRIDOS

Até ontem à tarde eu tinha essa história de amor engasgada. O amor para mim era como um nó, uma venda, alguma coisa que me prendia, empatava a respiração, tapava a visão, não me deixava seguir em frente. O amor era um grilhão, e eu, o escravo desse senhor mau pagador.

A verdade é que eu sempre quis adotar um coração. A minha vida toda lutei por isso. Queria algum peito carente, um corpo desejoso de afagos, um ser que buscasse abrigo para que eu pudesse dar a ele tudo o que sempre quis, mas nunca achei quem fosse capaz de me oferecer.

Desde que aprendi a andar e comecei a me apaixonar, foi assim. Sempre desejei afeto. Sempre fui carente de atenção. Sempre acabei dando demais e recebendo de menos, mas nunca me importei. Valia a pena sofrer quando se tinha alguém para segurar a mão.

Nunca gostei dos corações sadios e felizes. Sempre preferi a dependência que os sofredores tinham. Era quase uma doença. Uma doença que me fazia procurar sempre os que mais precisavam de mim, só por isso. Só pelo fato de que eles precisariam de mim e, ao contrário dos corações pulsantes, não iriam embora. Era uma relação de mutualismo. De dependência.

Sempre gostei da ideia de acolher, de abraçar, de proteger, de dar carinho, atenção, de cuidar das feridas e de tornar forte de novo. Sempre quis isso pra mim. Sempre fiz isso pelos outros, já que ninguém fazia por mim.

as pessoas adoram o passado porque, ao contrário dos sentimentos, ele não passa

O problema dos corações sofridos é que eles vêm sempre com as marcas de outro alguém. Como se no corpo viessem tatuagens dos momentos felizes que certamente nunca voltarão a se repetir. Que certamente nunca sairão dali. Que certamente ocuparão o lugar que deveria ser meu. Que poderia ser meu.

É tão estranho o motivo de a gente escolher sempre as pessoas erradas pra se apaixonar. Como diz um amigo: "O amor é um ser estranho que paira acima das relações." Sabemos que as chances de dar certo são poucas. Quase zero. Mas insistimos. Quebramos a cara por puro prazer. Masoquismo.

Só agora, com o passar dos anos, dos danos, dos enganos, percebi que a ideia que eu sempre tive do amor era equivocada. Só agora me dei conta de que eu posso ser uma das opções de um coração sadio, pulsante, feliz. Acho que só agora caiu a ficha de que, em vez de me preocupar em tirar da cabeça de alguém as histórias que já foram escritas, eu posso, de fato, escrever as minhas. As nossas novas e inéditas histórias. Deixar as minhas marcas na vida de alguém.

O difícil é encontrar esse alguém quase sem histórias ou com disposição suficiente para deixar o passado de lado e, de mãos dadas ou só indo pelo mesmo caminho, escrever emoções novas. As pessoas adoram o passado porque, ao contrário dos sentimentos, ele não passa. Está sempre ali, à espreita, esperando a próxima canção triste ou as noites de domingo para jogar na nossa cara quão felizes já fomos um dia.

COVARDE DEMAIS PARA O AMOR

Só hoje, depois de toda uma vida regada a desistências, resolvi assumir: eu sempre gostei do impossível porque isso justificava a minha covardia. Sim, meu amigo, sou um covarde. Um covarde do amor. Eu simplesmente tenho medo disso. Disso de amar de verdade.

Desde muito cedo entendi que o amor não era pra mim. Percebi que, sim, ele existia. Ele era lindo até demais para o meu gosto. Mas também era muita areia para o meu coraçãozinho. Por isso acabava sempre indo embora.

Talvez eu devesse pedir desculpas a toda essa gente que eu deixei feliz, mas para quem não liguei no dia seguinte. Pedir perdão por não ter sido forte o suficiente para corresponder. Pedir clemência por ser tão inseguro.

A verdade é que, por medo, nunca fui capaz de me entregar verdadeiramente. Medo, não: pavor. Pânico. Eu, durante todas as histórias que entraram na minha, nunca tive coragem de ficar. Sempre me envolvi até determinado ponto. O ponto em que era seguro não amar de volta.

E, quando o coração acelerava, quando as mãos suavam, eu corria. Mas corria como quem tem gana de ganhar uma maratona. Como um sedento por água no deserto corre em busca de uma miragem. Eu simplesmente nunca me sentia seguro para gostar de volta com a intensidade que aquilo merecia!

No fim, todo o meu ciúme sempre foi uma forma de defesa. Eu sempre senti que seria trocado a cada nascer do

o medo de confiar
e quebrar a cara
é próprio de um
coração que
amou demais e
precisa sobreviver

sol. E, ao anoitecer, eu estaria ali, de novo, sozinho. Chorando. Sem colo.

O medo de confiar e quebrar a cara é só uma característica de um córação que já amou demais e hoje, ah, hoje luta para conseguir sobreviver com o que restou, tentando não perder mais partes fundamentais de si mesmo.

Depois de mergulhar em mim, percebi que todos os meus amores platônicos vieram da minha falta de segurança. Eu nunca tive coragem suficiente para deixar que gostassem de mim. Sempre dei motivos para que fossem embora. Sempre procurei a desculpa esfarrapada perfeita, para, como é que eu posso dizer... Fugir.

Engraçado. Mesmo fujão, eu sempre quis que alguém fosse capaz de aparecer e mudar tudo, sabe? Alguém que mesmo percebendo que eu estava morrendo de medo e dando todas as desculpas para não gostar de volta, quisesse ficar. Alguém que não desistisse de mim, não importa quantas vezes eu desistisse.

Hoje não é piada, eu realmente queria um abraço. Mas não qualquer um. O seu. A verdade é que, depois de tanto fugir, meus pés cansados resolveram deixar de ouvir meus pensamentos. Agora eles é que dizem que não darão mais nem um passo.

CAMINHOS E ATALHOS

Cheguei à absurda conclusão de que os pontos positivos, os acertos, são arquivados, varridos para debaixo do tapete. Ficam escondidos e empoeirados dentro de gavetas abarrotadas nos confins do coração e dos abismos da memória.

A parte negativa, as críticas, os defeitos ficam nas prateleiras, emoldurados, expostos feito troféus, para todo mundo ver e apontar o dedo. Julgar como se fossem juiz de tribunal, como se estivessem no juízo final.

Às vezes de nada adianta tentar frear alguém que precisa correr a mil quilômetros por hora. Reduzir a velocidade, em algumas situações, só aumenta o impacto. É preciso deixar-se pecar para só depois ganhar o perdão.

Aparentemente, amadurecemos com os nossos erros. Os acertos nem ganham mais aplausos. É como minha mãe sempre diz sobre as minhas notas altas: não fez mais que a sua obrigação.

Percebi que, por mais que a gente ame alguém, superproteção sufoca. Asfixia. Para quem vê de perto é só, sei lá, grosseria, rispidez.

Mas como alguém pode tentar observar adiante sem fazer esforço? Como qualquer pessoa na face da Terra pode ter experiências se sempre alguém alerta sobre os possíveis perigos do caminho e os melhores atalhos?

É preciso deixar as pessoas que amamos quebrarem a cara para que elas saibam, assim como nós, por que dói tanto en-

viver é experimentar, tentar, errar, quebrar, mas é também consertar

fiar o dedo na tomada. Porque uma topada faz sangrar e nem todos os amores serão doces.

Foi assim durante toda a história da humanidade: não há salvação para quem não a deseja; não existe aprendizado se não há uma lição. Não há, portanto, lição, se alguém insiste em usar o livro do professor. Com todas as observações feitas. Com todas as pistas dadas. Com as cartas na mesa.

Viver é experimentar. Eu, talvez, não soubesse que odeio mamão se tivesse só acreditado em quem me diz que aquele gosto é bom. É preciso ver para crer. Sobreviver para entender.

PENSADOR COMPULSIVO

Nada em mim é simples. Nem dor de dente. A dor de cabeça. As cócegas. Tudo, absolutamente tudo, é o Everest. É exagerado. É exorbitante. É estratosférico. É desmedido. É sem limites.

Tento o tempo todo me fazer de positivo, de bom moço, daquele ser humano que tem certeza absoluta do que quer, de onde pretende chegar, de como fazer para conseguir tudo. Mas, dentro de mim, as coisas crescem numa proporção absurda. Quando noto, já senti, já sofri, já me envolvi, já me rendi, e aí, meu amigo, é tarde demais. Já estou submerso. Já estou me afogando em pensamentos. Já existe uma tonelada deles. Por todos os lugares. Por cada pedaço de mim. E é difícil voltar atrás. É difícil até respirar.

Me perco num mundo só meu, que só quem mora dentro de mim consegue acessar. É trancafiado por fora, disfarçado no olhar. Sou, por dentro, um emaranhado de sentimentos confusos, intensos, inversos, verdadeiros, absurdos, impossíveis e tão bravos quanto um animal selvagem faminto. O alimento dele, infelizmente, são as minhas horas de calmaria.

Quando abro a caixa de Pandora da memória, já foi. Já fui. Até daqui a algum tempo. Bem que me disseram, uma vez, que até dentro de um tornado existe calmaria. Bem no olho dele. Talvez essa seja a melhor definição para a minha cabeça. Confuso, eu sei.

Muito prazer, sou um pensador compulsivo.

até dentro
de um
tornado
existe
calmaria

EU ME PERDOO

Esses dias, assistindo à TV, vi alguém dizer que o primeiro passo para a cura é a aceitação. Então, acho que talvez a melhor forma de começar isso seja assumindo para mim, de uma vez por todas, que eu nunca fui tão feliz assim sozinho. E, pior que isso, sempre fingi para os outros, sobretudo para mim mesmo, que a minha companhia era tudo o que me bastava. Tolice, eu sei.

Aqui por dentro do meu peito tudo queima, sabe?! Tem uma voz que fica zunindo no meu ouvindo – "Culpado! Assassino!" –, como se o espelho me acusasse de todos os crimes que já cometi. Mortes passionais. Atentados contra mim mesmo.

Talvez eu devesse pedir desculpas a mim por todos os amores que abortei ainda nos primeiros sinais de vida: o frio na barriga, o sorriso acompanhado da notificação no celular, a lembrança – pelo menos três vezes a cada minuto – daquele sorriso.

Vai ver meu erro sempre tenha sido subestimar minha própria história, como se já fosse meia-noite durante o dia inteiro e meu destino de abóbora fosse a vida real.

Argh. Calma, coração! É em vão correr tanto assim, andar acelerado, descompassado. Ainda mais quando somos os juízes das nossas próprias condenações. Eu só preciso de um pouquinho de paz. Ou melhor, diferentemente de todas as outras vezes, preciso assumir que, na verdade, é

o perdão deve germinar na gente antes de florescer no outro

necessário perder um pouquinho a calma e me apaixonar enlouquecidamente e sem medo do fim. De quando for, inevitavelmente, tarde demais.

Fiquei traumatizado, entende? Já sofri muito, apesar de tão jovem. O amor, esse safado, quase nunca sorriu para mim. Um riso assim, meio de canto de boca, aquele que escapa pelos olhos. Um mostrar de dentes que a gente não segura. Que é espontaneamente estonteante. Apaixonante. Apaixonado.

Perdão. Perdão. Perdão. Comecei a repetir isso por dentro, como se todos os meus pensamentos começassem a apertar as mãos uns dos outros, celebrando o fim da Terceira Guerra Mundial que acontecia dentro de mim e ninguém via. Ninguém nem sequer notava.

Parece pouco, não é?! Mas você não imagina o alívio que meus ombros estão sentindo agora. Me sinto ao menos um pouco mais disposto a quebrar a cara mais algumas vezes, até achar alguém que ajude a ressignificar meu sorriso.

PESSOAS RARAS

Amigo, está aí? Preciso muito lhe dizer que nosso problema com relacionamentos não é problema nosso. Que nós não somos os errados da história. Sim, assumo que somos esquisitamente carentes, mas isso faz parte da nossa essência. Carregamos o mundo todo nas costas ou dentro do peito e, no fim, só queremos que alguém nos abrace ou, de repente, nos faça um curativo, tape os buracos com band-aid para que nosso mundo continue girando. Para a represa não romper.

A gente se doa, se dói, se entrega e apanha. Mas no fim, tudo o que fazemos é importante. Ensinamos às pessoas o que é ter alguém que se importa, que ama, que liga no dia seguinte ou mais de uma vez no mesmo dia. Ainda somos aquele tipo de gente que ouve música e chora. Cara, a gente ainda chora! Sabe o quão raro isso é?

Neste mundo de estátuas de sal em que vivemos, ainda queremos um único alguém para cuidar. Para amar. Somos únicos. No meio de sete bilhões de pessoas, não nos rendemos à maioria que vive amores rasos. Fúteis. Que se vendem por status.

Amigo, pessoas como nós são tão escassas! Só agora me deixei envenenar por esse egoísmo não tão ridículo. Sabe, a gente aceita tanta coisa, pondera, elogia, critica, analisa, ressalta, discute, a gente entende tanta coisa, coisas que chegamos a condenar em nosso próprio reflexo. Sabe o que é? Talvez tenhamos nos acostumados a ser o que somos e busquemos outros assim. Do nosso tipo. Sensíveis demais.

raras são as pessoas que já amaram de verdade

Emocionais demais. Sentimentais demais. Racionais, com certeza, de menos.

Amigo, ainda está aí? Preciso muito lhe dizer que nosso problema com relacionamentos não é problema nosso. E outra coisa. É que nós não somos os errados. Errados são todos os outros que se deixam contaminar pela dura e fria forma de viver. Que acabam rejeitando carinho porque sua liberdade precisa vir acompanhada da solidão.

Mas, para concluir meu desabafo, meu amigo, quero lhe dizer mais uma coisa. Poucos são os que já amaram de verdade. Poucos são os que já entraram no fogo cruzado do amor de peito aberto. Mas não os culpo. Eles nunca souberam amar alguém porque, até antes das nossas aulas de companheirismo, nunca tinham vivido um romance. Sendo assim, dou-me por satisfeito. Eu mostrei para alguém o que é ser gostado no real sentido da palavra.

MEDO DO ENVOLVIMENTO

Para começo de conversa, para variar, para passar o tempo, andei passeando por dentro de mim. Descobri coisas incríveis e curiosas sobre a pessoa que aqui lhes fala. Entendi boa parte das minhas frustrações por tudo aquilo que insiste em não vingar. Em ir para a frente. Em caminhar. Ou como chamam por aí, em dar certo.

Eu não consigo me envolver. Taí uma grande constatação. É algo meu. É parte constituinte da minha pele, do meu sistema imunológico, da minha essência. Ou melhor, tudo que não deu, não foi, é em parte culpa minha. E não, não arregale os olhos achando que essa é uma das falas clichês que todo mundo usa como desculpa esfarrapada ou a etapa da negação estudada pela psicologia.

Carrego o fardo das minhas frustrações e sei reconhecer meus erros. Sou humano e não brinco de parecer um robô sem sentimentos, prático, didático. Quando afirmo isso, só quero dizer que meu envolvimento foi pequeno diante da minha vontade. Eu me atrapalho. Eu crio barreiras, obstáculos invisíveis, mas inacreditavelmente intransponíveis.

Entenda "envolver" no sentido de me manter interessado, "interessante", no sentido de dedicar tempo para regar a semente. Eu sempre espero que ela cresça como eu quero sem precisar podar, checar se a terra está molhada, se ela precisa de um pouco mais de sol, talvez menos, ou de um ar limpinho na varanda de casa. Eu só espero. Só fico naquela de... vai cair do céu.

o amor é uma batalha com fogo cruzado na qual uns lutam de peito aberto e outros usam colete à prova de balas

Eu não consigo me envolver. Taí uma grande constatação. É algo meu. É parte constituinte da minha pele, do meu sistema imunológico, da minha essência. Eu só me movo dentro da bolha da minha zona de conforto. Para conquistar coisas grandes, é preciso grandes esforços, e eu me movo pouco. Eu me estico quase nada. Eu vivo dizendo que vou me jogar, que preciso me jogar e, no fim das contas, vivo torcendo e esperando o paraquedas abrir e um colchão de ar se inflar para aparar a queda.

Carrego o fardo das minhas frustrações e sei reconhecer meus erros. Sou humano e não brinco de parecer bobo. Preciso sim, inegavelmente, de muita força para dar meu braço por torcido, para aceitar que o problema não está em não conseguir me envolver, mas, sim, infelizmente, em ter medo de me render ao envolvimento, ao ser gostado, ao ser amado de volta. A ir além do primeiro beijo, do primeiro encontro, do "Vejo você amanhã, se Deus quiser". Ele quer, mas... E eu? Tenho coragem suficiente para isso?

UM REMÉDIO PARA A ANSIEDADE

É a coisa mais comum do mundo. Em um segundo, você está caminhando pela rua, pela sua história e, no minuto seguinte, o destino vira você de ponta-cabeça. Do avesso. E leva você para o caminho oposto.

A vida não existe sem certezas, ainda que poucas. Ainda que não muitas. Ainda que uma ou outra. Ser amado, amar, estar respirando, lembrar que respira, saber que o coração bate involuntariamente, que o cérebro pensa, que o sangue corre pelas veias...

Acho que, de tanto estarmos acostumados a não ter tudo que queremos ou, pelo menos, diante da ausência de qualquer certeza de que nossos sonhos sairão do plano das ideias, adoecemos.

A ansiedade é a pior das pragas. É uma lepra da alma. É uma mancha no pulmão que respira calmaria e na mente que, até então, era maré baixa, tranquilidade, com peixes de todas as cores passeando livremente por uma água cristalina.

A ansiedade é a gastrite. O refluxo. É o dar passos largos, que, na verdade, não nos levam a canto nenhum mais rápido. Pelo contrário. Quanto mais corremos, mais nos afastamos. Mais queremos. Mais sonhamos. Menos temos. Menos perto fica a linha de chegada. O pódio. O troféu.

Talvez eu ainda não tenha aprendido o que é viver. Não tenha me acostumado com o calendário. Com o relógio. Com a folha de ponto. Eu não me acostumei ainda com os anos.

apesar da ânsia para chegar a algum lugar, continue a sonhar

A cada novo amanhecer eu me vejo em uma busca incansável, implacável, por aquilo que eu nem sei direito o que é. Vivo de querer que os dias passem, que as horas vençam, achando que, em algum momento, minha vida vai ter um *boom* e eu serei feliz. Que eu terei realizado, pelo menos, a maioria dos meus sonhos e estarei em paz.

Mas, como o medo mora perto das ideias sóbrias, receio ficar velho. Receio que nessa corrida ansiosa pelo próximo dia, pela próxima data, pelo próximo salário, pela próxima viagem, pelo Natal, eu fique sem nada. Que os tempos de pouca energia e de carne fraca me batam à porta sem que eu tenha feito quase coisa alguma.

É natural, eu sei. Alguns me dizem que o mal é da idade. Outros ainda me apontam o dedo e bradam que eu quero demais, que deveria estar ajoelhado agradecendo antes de estender as mãos pedindo. Ainda sobram aqueles que me aconselham a ter paciência.

P-A-C-I-Ê-N-C-I-A.

Difícil ter paciência quando a sua cabeça não consegue ser nada além de um trem desenfreado. A ansiedade é a pior das pragas. Aprendi isso na prática. Mas antes de me arrebentar contra a parede das ideias, paro, respiro fundo, conto até dez, ouço uma música alegre e recomeço a sonhar de novo.

LIÇÕES DA VIDA

Uma das coisas mais importantes que aprendi com a vida foi a ter vontade própria para não querer as coisas.

Durante muito tempo achei que, se meu coração acelerasse um bocadinho, aquilo já era motivo suficiente para deixar o coitado na mão de qualquer pessoa que faria o que bem entendesse com ele. E quase sempre ele era usado como bola de futebol ou para brincadeira de tiro ao alvo.

Custou muito aprender que eu também tenho vontade. Eu também posso não querer. Eu também posso não sentir, não estar a fim, não estar disponível, não estar com vontade. Eu também posso, sei lá, não gostar de volta. Hoje, todo mundo anda muito carente, e esse é o fator crucial para relacionamentos frustrados. Carências que se unem com o simples interesse de cometer suicídio.

Passei a não entender bem os amores de uma vida toda que começam do dia para a noite. Entendo que o sentimento nasça de uma vontade descabida, desconhecida, de uma rapidez estonteante, mas relacionamentos são como castelos de cartas: precisam ser feitos peça a peça. Se for rápido demais, a construção cai. Desaba. Daí é como se nunca houvesse existido.

Antes de tudo, é preciso calma, pé no chão, amor-próprio e vontade. Essas coisinhas, meu amigo, quando batidas no liquidificador, geram uma vitamina fortificante, capaz de construir relações realmente sólidas.

Outra coisa importante que aprendi com a vida é que eu

relacionamentos são como castelos de cartas

precisam ser construídos com cuidado, senão

desabam

também posso deixar saudade. Não sou só eu que ouve uma música e se lembra de alguém. Que vê uma foto e recorda. Que vai àquele lugar que costumava ir com o antigo amor e sente um aperto no peito. Eu também deixo lembranças. Eu também fico nas lembranças.

Uma vez me disseram uma das palavras mais lindas que alguém com um ego elevado ou talvez um puta amor-próprio possa dizer: "Egoíste-se!" Aquilo foi tão perturbador quanto uma bomba atômica. A gente sempre vai se machucando, tentando poupar alguém que não pensa em poupar a gente de volta.

Uma das coisas mais importantes que aprendi com a vida foi a ter vontade própria para não querer as coisas. E o melhor de tudo: isso não é ridículo. É, pelo contrário, uma das lições mais vitais que alguém pode ensinar. E se a gente está aqui é para aprender, não é mesmo?

NÃO SOMOS OBRIGADOS

No fim das contas, ao final de cada noite, se deita na cama uma versão real e menos representada de mim mesmo. Frustrações, interpretações, meias verdades, inteiras mentiras e suas várias faces se jogam, comigo, no travesseiro.

Talvez, um dia, alguma pesquisa dessas explique por que somos mais sinceros antes de dormir e logo depois de acordar. Antes de vestir o sorriso e partir para o dia. Para o tal bom-dia do elevador sem a menor vontade de dá-lo. De fazer o dia de alguém realmente bom.

Por trás de cada riso existe um ser que, às vezes, nem queria sorrir. A pior parte de crescer é esta: ser obrigado a agradar. Sim. Agradar. Porque é preciso. Seu círculo social pede. Suas relações profissionais obrigam. A sociedade espera isso de você.

Preferia que me interpretassem. Preferia que me sentissem. Preferia escolher não dizer. Tudo seria tão mais fácil se as pessoas parassem de correr e observassem. Olhassem. Desligassem as luzes da cidade para que nós pudéssemos contemplar as estrelas em vez de apenas desenhá-las no papel com formas pontiagudas e diferentes da realidade...

Hoje em dia, ninguém se olha nos olhos. A gente não ouve o outro. Não escuta. A gente não muda nosso caminho para dar uma carona, uma conversa, uma risada. Seguimos os tais fluxos. De mercado. De pessoas. De interesses. De capitais.

Nesse tal mundo globalizado de que tanto falam, não existe tanto espaço para ser. Ser o que quer que sejamos. Ou

a nossa única obrigação na vida é sermos fiéis à nossa essência

quem. Mostrar as cartas. Só escondemos o jogo. As coisas que doem mais são aquelas que não dizemos. O que nem sequer nos permitimos pensar. Aquela ferida que nunca fecha. Que fica sempre aberta. A saudade. A vontade. A verdade. O amor. A dor. O ser. Você.

Guardamos tudo em segredo, mas postamos fotos com lindas paisagens, ângulos nunca antes vistos e frases de superação bonitas. Tudo porque somos obrigados a dizer as verdades nas entrelinhas.

A pior parte de crescer é esta: se sentir obrigado a agradar. Sim. Agradar. Causar uma boa impressão. Não sei quem foi que inventou essa maldita história de que a primeira impressão é a que fica. Não nos dá espaço para correr atrás, mudar, tentar.

Para finalizar o papo, ao nascer de cada dia se levanta da cama uma versão menos representada de mim mesmo. Mais corajosa. Menos intolerante. Mais disposta a dizer. A mostrar. A não mais se esconder. Não somos obrigados.

É isso. O segredo da vida está aí: não se sentir obrigado a seguir os tais fluxos. De mercado. De pessoas. De interesses. De capitais. A nossa real obrigação é ser fiel ao que somos. Ao que carregamos por dentro. A tudo aquilo que só confidenciamos às paredes do quarto. De janelas fechadas.

GRATIDÃO

Sempre que me prostro de joelhos no chão, antes de tudo agradeço. É que, mesmo diante da correria que atropela os dias, precisamos encontrar oportunidades para nos mostrar gratos diante de Deus e dos homens.

Aprendi desde muito cedo que antes de sonhar com algo novo é preciso sentir-se agradecido por tudo aquilo que já conquistei. Por todos os sonhos que já realizei. Depois da gratidão, rogo a Deus por meios, instrumentos e caminhos que me levem aonde quero chegar.

Porque de nada adianta pedir que Ele nos presenteie com algo que nós não lutamos para conquistar. É pedir demais. É ser egoísta demais. Precisamos merecer para ter. Precisamos suar a camisa como marca do esforço em prol daquilo com que tanto sonhamos.

Por isso dizem tanto que nada vem de graça. Realmente, nunca vem. E às vezes é mais difícil porque a única coisa que nós fazemos é esperar que dê certo. Esperar cair do céu. Acontecer.

Meu amigo, a tarefa de fazer dar certo é sua. Ninguém, além de você mesmo, precisa arregaçar as mangas e partir para a luta. Para a batalha. Para a busca incansável por seus objetivos. A obrigação de fazê-lo feliz é sua. Não transfira essa responsabilidade para mais ninguém. Não culpe os interlocutores.

Sendo assim, em sua próxima oração, peça a Deus que

não adianta dizer:
"vai dar certo!"
é preciso
fazer dar certo

lhe conceda a oportunidade de ter as sementes certas para a colheita que você tanto almeja. Talvez as coisas mudem se você se mover por elas, se for ao encontro delas. Só espere do céu chuva. Talvez ainda raios, trovões, vento. Não presentes. Estes, você tem que se esforçar para receber.

SOU EU. É DE MIM

Nunca me considerei uma das pessoas mais positivas, felizes, estonteantes e extremamente efusivas que conheço. A verdade é que só convivendo de perto com qualquer pessoa essencialmente negativa é que você passa a dar valor ao seu estado de espírito inconstante, mas sempre pendente para o bem. Para o bom.

Não sei se você, assim como eu, acredita em energias. Mas, de qualquer forma, quero dizer que tudo, completamente tudo, emite energia. E, de algum jeito que eu ainda não sei explicar, sugamos, misturamos e atraímos essas forças alheias com as nossas próprias.

É desgastante demais lutar para controlar e manter a paz interior quando alguém que faz parte da nossa rotina só se sente feliz quando aponta os nossos defeitos. Sim, porque elas, as qualidades alheias, sempre são ignoradas por pessoas que não estão satisfeitas consigo mesmas. Com o espelho. Com a conta bancária. Com aquilo que chamam de amor.

Mas eu pergunto, meu amigo, o que fazer quando, por causas desconhecidas, precisamos conviver com quem não nos faz bem? Meditação, oração, coração. Esse anda pela boca, volta e meia parece que vai parar, mas o danado ainda bate, mesmo que descompassado, e sonha incessantemente com a alforria.

Engraçado. A gente sempre sonha, mesmo quando tudo parece escuro demais. Os senhores sonhadores domando mais um touro imaginário, matando mais um leão por dia,

Mesmo no escuro da noite, a gente pode sonhar colorido

engolindo sapos, sentindo as famosas e temíveis borboletas no estômago.

Desconfio bem intimamente que uma das poucas e firmes coisas que me mantém em pé é essa persistente capacidade de nunca desistir de querer ir além. Porque, por mais que eu durma desgostoso da vida, por mais que as segundas-feiras e esquinas do tempo apareçam, ainda estarei ali, comemorando qualquer sexta-feira ou feriado prolongado. Curtindo os sábados. Embalos. Sorrisos.

Sou eu. É de mim. E olha que nem me vejo como uma das pessoas mais positivas, felizes, estonteantes e extremamente efusivas que conheço. A verdade é que só convivendo de perto com qualquer pessoa essencialmente negativa é que você passa a dar valor ao seu livre-arbítrio. Ao seu não querer entristecer. Por nada. Ninguém. Por inveja nenhuma. Olho gordo. Avareza. Por gente que não sorri e quer travar seu riso.

Às vezes, paro para pensar na vida e, quando dou por mim, já fui. Caminhei tanto que até me esqueci de que precisava parar para descansar. Não sei se você, assim como eu, acredita em energias. Mas, de qualquer forma, quero dizer que tudo, completamente tudo emite uma força. E, de algum jeito que eu ainda não sei explicar, tenho procurado, cada vez mais, escutar cada vez menos quem não me completa. Quem não me faz feliz.

VENCENDO AS DESCULPAS

Acho que eu tinha uns 9 ou 10 anos de idade quando abri os olhos e, ao pé da cama, havia um violão. Era o dia do meu aniversário. Aquela foi, de longe, uma das melhores surpresas da minha vida. Eu tinha esse sonho, sabe? Um violão para ser meu companheiro. Lembro bem da cor de caramelo que ele tinha, do som rouco das cordas desafinadas que jurava para todo mundo que estavam perfeitamente alinhadas.

Nunca fui do tipo que insiste ou persiste muito nas coisas que me oferecem qualquer tipo de dificuldade. Sou apressado, quero tudo na minha hora, no meu momento. Crio as oportunidades às vezes até na minha própria cabeça. Arranjo logo uma desculpa esfarrapada de que senti que era para ser naquele momento, só com a fútil expectativa de que o universo conspire a favor.

A verdade é que tentei de todas as maneiras aprender a tocar violão. Com professor particular, vídeos na internet, revistas para iniciantes. Meus dedos chegaram a ferir de tanto esforço. As marcas que as cordas deixavam nas pontas custavam a sarar. Até depois que não existiam traços aparentes, o menor toque fazia a dor voltar.

Acredito que nunca fui um bom aluno. Com certeza, não era o mais dedicado, apesar de fazer os dedos sofrerem nas vezes em que tentava me concentrar naquilo. É que meu corpo sempre rejeitou qualquer sinal de dor. Aprendi a soar um alerta dentro de mim para quando algo não fosse sair como

tenho calos nos dedos, cicatrizes no coração, mas não vivo sem música e paixão

eu planejei. Era uma forma de evacuar o barco antes do inevitável fim, entende?

Até hoje, o violão fica ao pé da cama, com uma capa linda que comprei para não guardar poeira. Mas o contato visual é o máximo que eu e ele mantemos. Não ousamos nos tocar. É como se tivéssemos a convicção de que não fomos feitos para ser um par. De que não ia rolar. De que o santo não bateu. De que não rolou a famosa e maldita química.

Amar parece muito com aprender a tocar violão. No começo, parece complicado, dói os dedos, deixa algumas marcas, mas depois caleja. Se a gente não desistir antes, ainda consegue criar acordes e melodias sem lembrar que fere. Que machuca. Que maltrata. Que é aquela famosa máxima de que sem dor não existem vitórias. Talvez fique mais fácil entender se você substituir toda a história do violão por um coração.

Nascemos para viver grandes histórias, mas, para conseguirmos, finalmente, dedilhar músicas apaixonadas, precisamos antes passar por alguns aprendizados. Só quero lhe pedir uma coisa, meu amigo: não faça como eu. Não se dê por vencido. Não desista de tentar. É que eu nunca fui um bom aluno. Talvez por falta de força de vontade. Vai ver, seu final deva ser mais feliz que o meu. O violão pode, quem sabe, te amar.

ALGUÉM DE VERDADE

Acho justo começar lhe dizendo, meu amigo, que não sou de me distribuir por aí. Ou me perder em noitadas por diversas bocas, rostos e nomes. Essa versatilidade de sujeitos nunca fez minha cabeça. Não que eu tenha algo contra. Se essa for a sua opção, não me coloque em maus lençóis. Só não é a minha praia.

Para ser sincero, acho que sempre busquei um coração que me desse a oportunidade de viver em paz. De estar em paz. Comigo mesmo e com o outro. Beleza, dinheiro ou status por si sós nunca foram as minhas prioridades. Não quero conversar com cifrões. Na verdade, prefiro as cifras. As nossas músicas e gostos em comum.

Hoje percebi que estar sozinho não é uma necessidade, mas uma opção, uma escolha. Não quero alguém do meu lado para servir de ostentação. Prefiro ir ao cinema desacompanhado a ter ao meu lado alguém que nem sequer ri das piadas do filme. Ou não se assusta em uma cena de suspense. Não gosta de *Friends*, *Grey's Anatomy* ou, sei lá, de *CSI*.

Decidi uma coisa: ou a pessoa me acelera o coração, ou acelera o passo. Passa fora. Dá no pé. Rala peito. Porque, se não for para ser assim, prefiro que nem seja. Ilusão por ilusão, prefiro as da ficção. Chega de amores platônicos. Chega de encontros vãos. Eu mereço alguém de verdade, ainda que demore. Não tenho mais pressa. Só peço que valha a pena a espera. De resto, tudo bem.

ou me acelera
o coração
ou  acelera
o passo

PESSOAS CADA VEZ MAIS SOZINHAS

E no meio dessa angústia toda, fico aqui escolhendo as palavras que digam tudo aquilo que não tenho coragem de assumir para mim mesmo. Desde a hora em que acordo e caço o celular numa esperança fútil de um "bom-dia", ou no contar das horas em que atualizo desesperadamente as redes sociais e verifico exaustivamente as notificações, na esperança de ter uma migalha de atenção.

Eis que se passam dias, semanas, sei lá, lá se vai mais um ano, e fico aqui, nessa mesma esperança tola de assumir um amor, uma paixão, um rosto que sorria de volta para mim. Sabe lá Deus quantas vezes eu já achei que tivesse encontrado o amor da minha vida, e na manhã seguinte: nada.

Tenho dessas de me aventurar, de me perder, de deixar farelos de pão, de deixar um rastro, de criar uma trilha para ver se alguém resolve seguir e, assim como quem não quer nada, me encontrar. Eu sei, sou idiota o suficiente para deixar de lado toda a minha maturidade e idade adulta por uma fantasia. Por uma história que eu queria que fosse minha, e sabe Deus o quanto eu quero que dê certo.

Agora, revirando esse baú de pensamentos e escolhendo as palavras que digam subjetivamente tudo aquilo que eu não tenho coragem de assumir para mim mesmo, percebo que o maior culpado de todas as histórias não terem dado certo sou eu. Isso é o que acontece com quem está sempre disponível. Com quem está sempre disposto a tentar mais uma vez. Com

encontrar o
amor da sua
vida é fácil,
difícil mesmo
é permanecer
com ele

quem dá sempre a cara para bater, na esperança de que o outro desista do tapa ou que, pelo menos, não doa tanto.

É hora de aceitar o inaceitável: eu sempre quis me apaixonar por alguém como você. Talvez um você ainda sem nome, mas que já aparece nos meus sonhos. É hora de abrir os olhos e aceitar que talvez esse alguém nunca leia todos os bilhetes nas garrafas que já lancei ao mar. Ou talvez que não apareça graças àquelas moedas que joguei na fonte, por causa do sopro das minhas velas de aniversário ou dos pedidos feitos para as estrelas cadentes. Que, na verdade, nem são estrelas.

Preciso crescer, é isso. Um crescer tão maduro que não dependa mais de uma metade da laranja ou que pelo menos não precise mais procurar em pomar nenhum essas coisas que a gente encontra nas prateleiras dos supermercados de bandeja. Aqui, onde o faz de conta não tem vez, os vilões são muito mais perigosos, os mocinhos muito menos interessantes e mais cafajestes, as princesas dormem de touca e usam enchimento e, nos bailes reais, o máximo que a gente consegue encontrar são comandas caras, copos cheios e pessoas, ah, pessoas cada vez mais sozinhas.

AMAR É SEMPRE UM GESTO DE CORAGEM

Faz pouco tempo que olhei no espelho e já não me reconhecia mais. Mas minha forma física não mudou tanto assim. Talvez tenha ganhado alguns quilos, perdido alguns sonhos e arrancado alguns cabelos brancos que, apesar da minha pouca idade, insistem em aparecer. As marcas do tempo parecem ser inevitáveis quando nós, de alguma forma, vivemos em vez de apenas fazer de conta.

Para ser sincero, levou muito tempo, depois de rever cada capítulo da minha história e de chegar à conclusão de que eu nem sempre fui meu próprio vilão, para me sentir inteiro novamente. Mas não é um inteiro do tipo completo. Só alguém que, apesar de ter sofrido com um coração esmigalhado e ter confundido isso com alguns arranhões no peito, sentia-se confortável com a própria condição e queria, mesmo receoso, amar novamente.

Talvez por isso existam tantos psicólogos por aí. Nem sempre, quando a gente julga estar bem, sem sequelas, sem resquícios ou memórias ruins de tudo o que passou, realmente estamos. E uma hora ou outra isso acaba recaindo sobre os nossos sentimentos. De repente, sentimos mais medo. Mais vontade. Menos coragem. Mais desejo. Menos anseio. Viramos, para ser sincero, um misto de vontade louca com um medo filho da puta. E nesse meio-tempo, os dias passam.

Nunca fiz o tipo daquele personagem que li em um desses livros, que colocam a coisa que mata, que fere, que corrói, en-

viver é um misto de vontade louca com um medo filho da puta

tre os dedos, entre os braços, perto da boca, só para mostrar para si próprio que é forte o suficiente para provar do veneno e, ainda assim, se manter em pé, sóbrio, de cara limpa, sem se render aos pecados e às tentações do querer.

Quero amar, mas saboto todas as minhas paixões. Pronto. É isso que tentei dizer até aqui. Escolho a dedo todas as pessoas mais ridiculamente difíceis de serem queridas para querer para mim. E nessa, uso de todos os contratempos como justificativas para – Ufa! Graças a Deus! – seguir só. Porque o destino quis assim. Porque não era pra ser. Será? Será mesmo?

Não. Não é nada disso. Brinco de amar como quem brinca de roleta-russa. Sei que uma hora vou levar a bala de prata dos apaixonados e morrer de amor como um desvairado. Como um louco diagnosticado. Como alguém perdido no deserto e sedento de qualquer gota d'água. De uma miragem.

Sei que, para vencer todas essas barreiras que as experiências passadas me deixaram, preciso tentar, de todas as formas, me deixar ser amado novamente. Me render ao amor mais simples. Aos gestos pequenos. Ao querer. Ao faz de conta. Às paixonites de sessão da tarde. Mas só quem, assim como eu, já fez do caos cais, sabe o quanto é difícil amar depois do fim. Depois do nunca mais.

PARA TODAS AS NOITES

Sabe, não adianta muita coisa passar o dia perdido em pensamentos, arranjando soluções para os problemas que você mesmo criou. Não quando se tem a noite e dois travesseiros macios. Mas só servem dois. Não tem tanto segredo. No primeiro, descanse a cabeça, simule o colo que protege; no segundo, deposite seu afeto, abrace-o feito gente.

Não precisa rever aquele filme da vida antes de dormir, não conte carneiro. Imagine uma parede branca, sem linhas nem riscos, limpa. Respire com toda a força o máximo de ar que conseguir para encher os pulmões. Conte até cinco e solte pela boca. Repetindo isso, dessa forma, você dormirá.

E não se esqueça de mais uma coisa: amanhã, o dia vai nascer para você. Então, tente não repetir os mesmos erros nem gastar as horas com aqueles pensamentos que apunhalam seu já sofrido coração. Respire leve, caminhe calmo. Força. A vida costuma cuidar das pessoas de bom coração.

a vida costuma cuidar das

pessoas de bom coração

BEATITUDINEM

Sem orgulho, sem sorriso. Sem vigor ou vontade de assumir. Sem mais delongas, protelações, procrastinações ou renegações: sou pessimista. Me sinto como um maratonista que, em vez de chegar à linha, anda em círculos. Fúteis expectativas.

Talvez metade de mim chamasse esse meu jeito de autossabotagem. Uma forma de podar as esperanças, arrancar as sementes antes que se fixem como raízes. Antes dos caules. Antes que a árvore seja alta, grande e corpulenta demais para ser arrancada sem a ajuda de uma motosserra.

Acho que o destino de quem já deu topadas demais, de quem já recebeu pés na bunda ou, sei lá, já foi feito de fantoche e boneca de pano, é essa incredulidade. Esse, digamos com eufemismo, ceticismo.

Todos os dias, qualquer dia que você for capaz de imaginar, entre primeiro de janeiro e os infindáveis outros sábados e domingos do ano, eu sonho. E só durmo para descansar disso. Durmo para, digamos assim, dar um tempo nessa de imaginar, querer, desejar, almejar, pensar-sempre-em-querer--mais-em-querer-por-favor-ir-além.

Quando a noite me vence e o sono é mais pesado que os anseios e medos, todos misturados em insônia, é aí que eu não sonho. Não que eu não veja o mundo colorido de olhos fechados, mas, simples e objetivamente, não me lembro dos meus sonhos. E, justamente quando todos sonham, eu só durmo. Sou

não preciso dormir para sonhar

faço isso com destreza de olhos bem abertos

uma espécie de ser humano às avessas. Não preciso dormir para sonhar. Faço isso com destreza de olhos bem abertos.

Na verdade, acho feio culpar os outros, sempre eles, por tudo o que passamos. Por tudo o que nos fizeram passar. Cada um recebe, talvez, segundo um tal dito popular, o que merece. Quem sabe, em um universo paralelo, eu tenha plantado, e só agora venho colhendo esses frutos. Ora doces. Ora azedos. Ora estragados. Ora, só hora. Tempo.

Só rio.

Ainda vou chegar lá. Eu sei. A gente sabe. É que às vezes o mundo pesa tanto... Tudo parece tão escuro, difícil e inalcançável. As pernas, os braços parecem curtos. Curtas. Filmes que ficam passando na mente. No silêncio dos meus inquietantes pensamentos.

Deixa pra lá. Hoje, ou só por hoje, Poliana, me empresta seu jogo de fazer de conta que, sim, que está tudo bem, tudo certo, tudo ok. Fúteis expectativas. Coisas que enchem a gente de verdade. De esperança. De querer, querer. Coisas que nos obrigam ou fazem acordar, todos os santos dias, para enfrentar mais uma segunda-terça-quarta-quinta-sexta-feira e batalhar por essa menina dos olhos chamada comumente de *beatitudinem*, do latim, FELICIDADE. Em letras grandes, brilhantes, garrafais e que me fazem sorrir com os olhos da alma.

OBSERVAÇÃO

O que queria realmente dizer é que, olha, eu sei que não está fácil e que os dias andam difíceis. Para ser sincero, cada vez piores, mas fugir ou adiá-los não vai trazer a solução que você tanto busca. A única maneira de não ter problemas é enfrentá-los.

Talvez nunca haja tempo pra gente sentar como dois bons e velhos amigos e finalmente contar toda a história da minha vida, aquela parte que ninguém além de mim sabe muito bem. Talvez nunca haja tempo para narrar todas as minhas batalhas silenciosas, as minhas guerras sem sangue, as perdas irreparáveis, as descobertas inacreditáveis e quanto lutei para me tornar o que sou hoje, mas, mesmo assim, só peço uma coisa: acredite, nunca foi fácil.

A parte mais difícil da vida de qualquer pessoa é o amor que ela carrega. Às vezes a gente não sabe muito bem o que fazer com aqueles sentimentos que se prendem dentro do peito feito peixinhos em um aquário. Mesmo os sentimentos mais simples como os de pai e mãe, passando pelos mais possessivos como as amizades, entrando nos mais instáveis como os de casal, e chegando ao clímax, no apogeu de tudo o que é mais complexo no mundo: o amor-próprio.

De tudo o que já passei nesta vida, o que mais me marcou foram as vezes em que precisei (quase que) me humilhar em troca do amor e da compaixão de alguém. Não existe sentimento pior do que compaixão. Do que implorar por ela.

ninguém merece
um amor mendigado

Meu amigo, o que queria realmente dizer é que, olha, eu sei que não está fácil e que os dias andam difíceis, para ser sincero, cada vez piores, mas ninguém merece um amor mendigado. Ninguém merece implorar para ter alguém. Ninguém merece um beijo roubado, um abraço suplicado, um afago comprado.

Uma vez perguntei a uma moça, depois de ter meu coração partido pela milésima vez, se um dia o destino me daria alguém para chamar de meu. Aquela criatura sábia respondeu prontamente: "Um dia o universo vai lhe dar alguém que queira chamá-lo de seu." Soou feito música aos meus ouvidos.

A solidão não é um estado permanente e até pode ser uma opção, mas na vida a gente sempre vai achar pessoas que queiram nos querer de volta. Talvez as julguemos pelos momentos em que elas apareceram. Pessoas certas nas horas erradas, pessoas erradas nas horas certas, pessoas certas nos momentos certos, mas que deram errado.

Isso tudo aqui, na verdade, nada mais é que um jogo de encaixe em que as peças vão se moldando durante as jogadas. A única coisa que a gente precisa fazer é sobreviver e não desistir. A felicidade também é capaz de nos encontrar.

Observação: Só não demore muito, não sei até quanto tempo meu amor-próprio vai me deixar esperar.

PRA ME SENTIR VIVO

Dia desses, antes de dormir, ousei prometer uma coisa diferente de todas as outras promessas quebradas ou não cumpridas nas segundas-feiras passadas. Jurei pra Deus e pra mim mesmo que transformaria todos os meus dias em tentativas desesperadas de me fazer feliz.

Comecei pelo jeito mais fácil, mais óbvio: fingindo para mim mesmo que era alegre. Comecei a fingir leveza nos pesos e dramas diários. Comecei a não reclamar tanto do calor, do frio, da fome, dos que me cercavam e, principalmente, dos amores errados.

Foi difícil, confesso. Deu uma vontade enorme de mandar tudo para o quinto dos infernos. Explodir como de costume. Mas nessa de a gente fingir que é feliz, uma hora as coisas começam a dar certo, e acabamos deixando de ser atores das próprias vidas.

Inacreditavelmente, depois que abdiquei do meu sofrimento para deixar de sofrer, as lágrimas foram secando. Mas não se engane quem pensa que a tarefa é fácil, ou que fingir sorrisos sempre tapa os buracos no coração. Não. Às vezes a vida pesa.

Parti, depois, para a parte mais difícil: deixar de lado o que já tinha me deixado. Aprendi que a maioria das minhas necessidades não eram vitais. Percebi que um carinho, um afago, são, de fato, importantes. Faz bem ter o coração acelerado por todas essas coisas doces. Mas percebi também que todo afago,

às vezes tudo que
a gente precisa
é de um carinho
vindo de alguém
que quer dá-lo

todo beijo, todo abraço precisa ser dado com vontade, sem ser implorado, suplicado. Eu não preciso de piedade.

Logo em seguida, então, cheguei à parte mais desafiadora: tentar. Mesmo com pouca coragem, precisando dos empurrões vizinhos dos corações que batem ao lado do meu, fui. Me lancei ao mar, sem boia, mesmo sem saber nadar muito bem e, cercado por tubarões, cheio de feridas abertas das batalhas anteriores, mas esperando ansiosamente pelo resgate de alguém que, com sorte, me ajudasse a cuidar dos machucados.

Nesta vida, a única coisa que podemos arriscar é a nossa felicidade. Dar certo é só questão de verbo, já que ser feliz é tanta "coisa" quanto o significado dessa palavra entre aspas. O que quero dizer sem tantos rodeios é: tente. Mas tente mesmo. Tente ter um amigo ou um amor novo. Um sabor diferente de sorvete ou uma roupa mais ousada.

Às vezes, tudo o que a gente precisa é de um carinho vindo de alguém que quer dá-lo. Depois de lutar tanto por algo que não se movia, passei a observar que várias outras coisas se colocavam literalmente à minha disposição e, ao contrário das imóveis, queriam me fazer ainda mais feliz. A vida está aí pra me mostrar outros caminhos e rostos. Só é preciso ser suficientemente corajoso para topar as aventuras que ela tem para oferecer.

Dia desses, antes de dormir, ousei prometer uma coisa diferente de todas as outras promessas quebradas ou não cumpridas nas segundas-feiras passadas. Jurei pra Deus e pra mim mesmo que tentaria, a qualquer custo, ser feliz. E tenho certeza de que ainda estou tentando. Pelo menos percebo isso sempre que um novo sonho me surge nas horas largas do dia. Sei que o caminho é grande, mas acho que é por isso que ainda estou vivo. Pra me sentir vivo. Pra viver. Pra tentar. De novo e mais uma vez, se ainda for preciso.

FOME DE PAIXÃO

Amigo, às vezes tenho tanta coisa para contar que nem sei bem por onde começar. Mas queria dizer que é difícil entender o coração da gente. Viver é uma coisa que me assusta cada dia mais, mesmo tendo ainda toda essa coragem de principiante sonhador para desbravar esse mundo por aí afora.

Tenho vivido os dias que seguem cheio de fome. Tenho tido sede. Mas não de qualquer alimento ou água fresca. Ando com o estômago remexido, como se um furacão houvesse passado por aqui. Tenho dormido tarde – isso quando durmo –, pensando, planejando, fazendo de conta. Tenho tentado me esquecer de lembrar.

Tenho fome de paixão. De abraços apertados, abarrotados de silêncio. De beijos no meio das falas. De mãos dadas, agarradas, de conversas fiadas, daquele bom-dia cheio de segundas intenções.

Engraçada essa vida que a gente leva, não é? Seguimos com a cabeça erguida, julgando ser donos do próprio nariz, achando que quaisquer cafés requentados, pizzas congeladas e refrigerantes enchem a barriga da gente. Como se só comer hambúrguer livrasse a alma do peso. Como se comida japonesa tivesse o gosto da felicidade ou que batata frita fosse como um beijo de amor roubado.

Ah, quantas coisas a gente come achando que esse vazio que fica por dentro é fome... E aqueles potes de sorvete, feito filmes de meia-idade, com música triste e cobertor?! Dão a

ah, quanta coisa a gente come

achando que esse vazio por dentro é fome

sensação mais completa do que é amar. Ser platônico. Sentir o coração acelerado e frio na barriga só de ver alguém passar.

Percebi há pouco tempo, amigo, que minha fome é de atenção. Entendi que cada um busca no outro um punhado do que lhe falta, e só por isso as pessoas se relacionam. Ninguém se basta por si só. Ninguém é tão redondo que não tenha uma beira para encaixar uma peça que porventura lhe falte.

Nós encontramos, uns nos outros, nos reflexos e companhias, pedaços essenciais que julgávamos faltar nas nossas felicidades. Por isso que carência é um tiro no pé. Ela faz a gente enxergar feito míope. Olhamos para o borrão e vemos exatamente o pedaço que falta. Daí em diante, seguimos como bêbados, que tentam abrir a porta da casa com as chaves do carro.

Todo encontro, todo relacionamento, todo caso, devia ter, antes de tudo, uma entrevista, quase como as de emprego. Algo que dissesse mais ou menos assim: "Oi, sou fulano e procuro isso, isso, isso, esse isso também, um pouco disso, aquele aquilo, e só mais isso em alguém. Se você puder me oferecer, podemos ficar juntos; se não, olha, tem gosto para tudo nesse mundo, acredito que sua metade não seja eu, mas boa sorte." Seria tão mais fácil. A gente se pouparia de tanta coisa, não é mesmo?

Mas, não. A vida não dá tempo pra entrevistas de empregos para vagas do coração. Ou até dá. Nós é que temos sede por mão de obra capacitada e acabamos por contratar, em regime de experiência, os primeiros candidatos que surgem por aí.

Amigo, tenho fome de paixão. Tenho percebido nos últimos tempos quanto é difícil dizer "eu te amo" de verdade. Não aqueles fúteis, vazios de lógica, de sentido, que a gente ouve todo dia por aí. Tenho sentido, cada dia mais, dificuldades em amar alguém, só pelo fato de que as pessoas não se deixam ser amadas.

Tenho vivido os dias que seguem cheio de fome. Tenho tido sede. Tenho buscado um alimento que, não importa qual seja a fartura, me faça escolhê-lo. Acho isso tão importante. Vivemos em um mundo plural, onde a oferta é maior que a procura. Onde, para cada ser humano, existem milhares de tentações. Mas sinto falta de algo que me faça resistir a todas.

(CON)JUNTOS

Muito se teoriza sobre o amor. Talvez dezenas de milhares de pessoas espalhadas por todo o mundo tentem filosofar sobre o tema, mas esse não é o tipo de sentimento que possa ser definido. Óbvio. Ninguém sente da mesma forma e, partindo disso, ninguém consegue generalizar. Ninguém consegue padronizar, inserir em um gráfico, em um cálculo matemático. Mas a gente sempre pode tentar deixar as palavras brincarem de dizer certas coisas.

Só que antes de falar sobre o amor, é preciso voltar ao passado. Ao nascimento de cada um de nós. Àquele conjunto de vivências que vão se somando à nossa essência. Como os andares de um prédio que vão sendo empilhados um a um em direção ao céu, até estarem perfeitamente encaixados, prontos para o uso, para a habitação, para os dias de chuva, sol, ventania e tédio.

Todos somos marcados e cercados por primeiras vezes. A primeira queda, o primeiro dente arrancado, o primeiro amor, o primeiro amor platônico, a primeira paixão, a primeira relação sexual, a primeira decepção, o primeiro fora, a primeira declaração seguida de frio na barriga e sensação de desmaio.

Todas as primeiras vezes são importantes. E aposto que, ao ler esta sucessão de possíveis acontecimentos, sua mente foi tentando se recordar de cada um deles (se é que você não se lembrou automaticamente de todos). Por isso, eles podem ser decisivos para as segundas, terceiras e sabe lá Deus quantas próximas vezes.

Ninguém vê ou sente o mundo da mesma maneira, ou ama igual.

Somos todos únicos

Na verdade, todas as experiências que tivermos serão importantes para nossa formação como ser humano. As negativas, principalmente. Elas deixam marcas, nos limitam, nos dão medo, às vezes coragem para conseguirmos amadurecer e sabermos como agir em outras circunstâncias. Porque se eu perguntar quantas vezes você riu na última semana ou por quais motivos, você talvez não consiga listar tudo. Mas se a pergunta fosse sobre chorar, você saberia descrever com riqueza de detalhes cada situação, o que aconteceu antes, durante e como você está se sentindo agora.

Do ponto de vista biológico, uma vacina traz em sua composição parte do mal causador da doença que ela combate. Ou seja, até o soro precisa do veneno. Ninguém vai conseguir ser plenamente feliz, se é que alguém consegue alcançar tal estágio de evolução, sem ter dias ruins. Sem dormir chorando de vez em quando ou ter, sei lá, dor de dente, febre, enjoo ou um amor que não deu certo.

Cada pessoa que entra na sua vida possui um conjunto, uma visão matemática das relações, um repertório de vivências e experiências. E todas, sem dúvida, todas serão diferentes das suas. Porque até mesmo aquelas que você partilhou com qualquer outra pessoa foram percebidas e sentidas de forma diferente por cada um. Ninguém vê ou sente o mundo da mesma maneira. Somos todos seres humanos únicos, ainda que gêmeos fisicamente em alguns casos.

Seguindo uma linha de raciocínio, nossos encontros são formados por intersecções, que é quando um conjunto se une ao outro, dando aquela área que a gente aprendeu os primeiros anos escolares como "comum", quando a minha bagagem se une à sua e dividimos os pesos de ambas.

Depois de colocarmos as coisas às claras, depois de entendermos que cada um possui uma criação diferente, que passou por etapas diferentes de formação e, sendo assim, é sentimentalmente diferente, podemos entender um pouco mais de todas as relações (conjuntos) nas quais estamos contidos.

É loucura imaginar que alguém possa amar você menos. É viagem da sua cabeça imaginar que você ame mais alguém. Amar não é como porcentagem. Ninguém ama 10%, outro 30%, 80%, 100%. Ou ama ou não ama. Ou gosta ou desgosta. Não existe gostar um pouquinho ou um caminhão cheio.

O que existe, na verdade, amigo, são formas diferentes de sentir e demonstrar sentimentos. Alguns necessitam exibi-los em outdoors e com declarações exageradas. Outros preferem demonstrar com um vinho e uma massa. Há aqueles que, mesmo com um dedo apontado na cara e um grito de EU TE AMO, PORRA, não vão conseguir enxergar. Possuímos maturidades sentimentais distintas.

Então, antes de julgar o que se passa na sua cabeça ou na das pessoas, pare e pense que nem tudo é o que parece. Nem tudo é falta de amor ou traição. Antes de dividir o presente com alguém, lembre que todos já tivemos passado. E isso não significa somente antigos amores. Significa relações desenvolvidas antes do nosso encontro. E tantas outras relações que serão constituídas durante e depois dele. Uma vida inteira, por exemplo. Cheia de altos, baixos, planos, planícies e planaltos.

Por fim, amigo, amor é o dia a dia. Amar é a forma como

você passa as horas. Amor é ouvir uma música e lembrar de alguém. Mas aprenda, também, que só lembrar não basta. Perdemos as pessoas por falta de palavras. Não adianta só sentir. Isso, por si só, é pouco. É ínfimo... É preciso muitas vezes dizer que sente ou, pelo menos, demonstrar do seu jeito, se fazer entendido.

Se escolhemos alguém com quem queremos dividir momentos, sejam positivos ou negativos, devemos usar os gestos, as palavras, as artimanhas e quaisquer outras ferramentas que digam assim, mesmo que nas entrelinhas: "Ei, psiu, eu te amo. Eu gosto de você."

Às vezes, temos muito pouco tempo para dizer tudo o que queremos. Todos os momentos são raros, pelo simples motivo que você já sabe: eles não voltam. Então, deixe de se fazer de difícil, não passe vontade. Na dieta da alma, amor demais engorda o coração da gente. Mas tem um bom colesterol. Só causa felicidade. Cura até muitas doenças.

Começo

A GENTE SEGUE, A GENTE CONSEGUE

Contrariando as expectativas, não morri. E, pela primeira vez, depois de muito tempo, sou até capaz de me sentir vivo. Aquilo de ter sangue nas veias, batimentos cardíacos acelerados, suar frio, tremer.

Acontece, amigo, que faz um tempo que enterrei meu coração e jurei pra mim mesmo que viveria muito bem sem ele. Cavei um buraco bem fundo, coloquei o pobre coitado lá dentro e tapei com a pá do orgulho ferido, dos sentimentos desperdiçados e de toda aquela carga dramática inerente a mim.

Passava os dias apaixonado por ninguém, desejando a própria companhia, me arrastando para cima e para baixo. Curtia a minha sombra nas noites de sono, nos filmes românticos, nas letras das canções. Nunca, depois de ter meu coração soterrado, deixei que alguém ocupasse o lugar do "você" nas minhas músicas favoritas.

Depois de um certo tempo sozinho, você começa até a banalizar os sentimentos. Passa a ver as pessoas como bocas e corpos. Como números. Mais um, mais uma, mais uns.

Na verdade, agora percebi que isso de sentir é meio que como andar de bicicleta. Clichê. Você passa anos sem pedalar, até que surge a oportunidade, até que surge alguém que se diz disposto a segurar você para não cair, disposto a protegê-lo. E lá vai você, receoso da queda, contando os segundos para desabar, mas com uma vontade imensa de sentir o vento no rosto. E (con)segue.

a gente sempre é capaz de tentar mais uma vez

Ah, como é bom respirar fundo e não sentir mais aquela morbidez gelada de um coração sem ninguém. Como é bom atravessar os dias não pensando naquele vazio do peito, que vez ou outra a gente é até capaz de preencher com outros vazios. Com outros corações tão puros e ocos quanto os nossos. Com ilusões, fantasias, decepções...

Contrariando minhas próprias expectativas, não morri. E parece que aqui dentro alguma coisa ressurgiu. Uma chama, um fogo, uma esperança. Algo que diz que eu ainda sou capaz de tentar. De dar a cara a tapa. De apanhar, mas também de bater. Capaz de me mover e não só de me lamentar.

E lá vou eu. Receoso da queda, contando os segundos para desabar, mas com uma vontade imensa de sentir o vento no rosto. E (con)seguir.

DOS AMORES IMPOSSÍVEIS QUE NASCEM NA GENTE

Hoje uma frase ecoou pela minha cabeça o dia inteiro. Sabe aquele tipo de música-chiclete que gruda na gente e não quer sair por nada neste mundo? Então. Eu li uma frase-chiclete: "Permita-se sentir." Aquilo me sacudiu por dentro. Foi como se alguém estivesse apontando o dedo na minha cara e me obrigando a abrir as cortinas para deixar o sol entrar aqui no meu peito.

Uma frase tão curta, tão simples, mas de um significado tão grande... Se permitir sentir! E foi aí que eu me vi como uma jaula de sentimentos bons. Me enxerguei como alguém que estava mantendo em cárcere privado o bem-querer. Que tinha sequestrado o amor e só queria como resgate a garantia de que não fosse doer. De novo.

A vida estraga a gente. Ou melhor, as situações que experimentamos. Vamos amadurecendo, ou pior, criamos medo de viver por receio da próxima decepção. Da próxima desilusão. É que a dor de um coração partido não é física, não é aparente, vai além de tudo isso. É um corte de navalha na alma. Que apesar de não sangrar vermelho, tem cor do sabor amargo de lágrima. E só quem sente é capaz de perceber. De notar. De fazer sarar.

E eu fiz. Custou muito, mas hoje já me sinto inteiro novamente. Carrego comigo algumas cicatrizes que parecem um troféu de guerra. Que servem para mostrar para mim mesmo que eu já estive num campo de batalha, duelei contra gigantes,

permita-se sentir

mas saí vitorioso. Venci um amor. Mas não estava preparado para o golpe de misericórdia: me apaixonar por você.

Engraçado, uma frase tão curta, tão simples, mas de um significado tão grande, que grudou em mim e me fez perceber que amores impossíveis nascem na gente para provar que ainda é possível amar alguém. E eu sorri pensando nisso.

Quando, em toda a minha história, achei que fosse sorrir depois de chegar à conclusão de que havia me apaixonado de novo por alguém?

Mas você não é "qualquer alguém". É um sentimento platônico que eu quis cultivar. Que eu quis ver florescer sem sequer perceber. Sem notar que aquilo crescia em mim com uma força absurda. Que seguia na contramão das chances de ter seus beijos, suas mãos nas minhas, seus olhos fechados encostando em minha pele. Me fazendo arrepiar... É. Eu sei que não vai dar. Que é viagem da minha cabeça.

Um louco, recém-apaixonado, que envia tarde da noite uma mensagem, se declara, mas se autorresponde com um sonoro não. Eu sei que você vai rir. É o mínimo que pode fazer a esta altura do campeonato. Mas, se me permitir lhe dizer mais algumas coisas, quero fazer um último pedido: eu sei que a hora não é boa. Sei também que o nosso encontro não era para agora. Mas... me deixa sentir? Não me obrigue a matar isso que carrego dentro de mim. Ainda que não seja recíproco, me permita reaprender a sentir.

Eu sei que não vai dar. Que não existem chances reais de sermos um casal. Mas jurei tanto para Deus e para mim mesmo que nunca mais amaria alguém que agora quero ir até o fim. Passar por todas as etapas, ciclos, sair fechando todas as portas. Quero que dessa vez esse amor passe sem doer, para varrer todos os traumas que outras paixões me deixaram.

Sei que parece piada, mas quero usar você como remédio para a minha alma rasgada. Sei que é possível vencer mais essa batalha. Esperar o momento certo de uma outra chegada, para que, juntos, eu e essa outra pessoa possamos celebrar o reencontro de um amor que já tinha hora marcada para acontecer.

Se não for pedir demais, se não tem a intenção de me guardar perto dos sentimentos bons que você também carrega por aí, não me ofereça nada. Nem compaixão. Eu só preciso ir até o fim para provar para mim mesmo que sou capaz.

No mais, queria que você soubesse. Para que isso ficasse ainda mais claro para mim: estou apaixonado!

Parece impossível, eu sei. Mas é a minha chance de reaprender a sentir.

TOPADA NA QUINA DA MESA

Sabe, amigo, minha vida toda foi marcada por altos e baixos. E eu sei que isso não me torna menos ou mais especial que nenhum ser humano, mas não me veja com olhos tão óbvios. Tente entender minha subjetividade, me leia nas estrelinhas. Antes de julgar qualquer das minhas falas, ouça tudo o que eu tenho para dizer.

Nem parece, mas navegando pelos mares da vida, já fui de tudo um pouco. Pirata, papagaio de um, marujo, capitão, passageiro. Já vivi mais aventuras que as histórias de pescador podem contar. Já enfrentei monstros, vi mundos perdidos, encalhei em ilhas desertas, nadei com tubarões, vi sereias e quase, quase, quase e por pouco, não morri na beira da praia umas dezenas de vezes.

Quando a vida nos presenteia com dias atribulados em sequência, nosso corpo se habitua com as pancadas. Não que a gente não sofra com o chacoalhar do barco à deriva, mas, depois de algum tempo de viagem, nós simplesmente paramos de enjoar. Entramos no modo automático. Respiramos fundo, erguemos a cabeça e remamos. Mesmo que seja só por remar.

O que eu queria dizer em linhas retas, amigo, é que, com o passar dos anos, ser feliz deixou de ser um estado e se tornou um objetivo. Rir um dia por vez, ou uma vez por dia, pelo menos, passou a ser uma das minhas metas de vida. Já havia desistido disso, de conseguir acordar sorrindo e enfrentar 24

é difícil se contentar com qualquer outro lugar depois que se conhece o paraíso

horas do desconhecido com uma cara de bobo estampada e os dentes à mostra.

Que feio dizer isso, mas eu me acostumei a não ser feliz. Ou melhor, havia me acostumado. Sabe, eu achava que sorrir era só uma reação momentânea, coisa de quem ouviu uma piada engraçada que cinco minutos depois deixa de fazer o menor sentido.

Imagino sua cara de espanto ao ler isso, já que até meus olhos pareciam brilhar vez ou outra enquanto eu dava um sorriso amarelo desbotado. Mas até isso a vida ensina a encenar. É autoproteção, entende? Nem sempre é seguro sair por aí demonstrando fraqueza. Mostrando o mar com ressaca que se é por dentro. Algumas pessoas torcem quase que intensamente pelo seu fracasso pessoal. Coisa de quem não consegue ser feliz por inteiro e precisa de companhia para a solidão.

Mesmo já dizendo tanto, ainda não consegui ser claro. Como se a clareza fosse uma linha reta em que eu consigo dizer tudo o que mora no meu peito sem ponto ou vírgula. Como se, com uma frase, uma simples oração, toda a gama de sentimentos que quase sufoca minha garganta pudesse saltar e entrar como uma flecha na sua cabeça. Uma tentativa desesperada de me fazer entender. Uma tentativa, quase que desesperada, de me fazer entender.

Como um sopro, um grito ou qualquer coisa que faça saber de supetão (engraçada essa palavra), leia: eu acho que encontrei algum resquício de felicidade.

Eu sei que com toda certeza já lhe ensinaram essa receita de faz de conta. Sem sombra de dúvida já lhe disseram que você precisa não querer para receber. Sei que, como bom ser humano, assim como eu, você também pensou que isso era só uma piadinha conformista de alguém que vive uma felicidade pré-cozida, tentando minimizar sua culpa por estar infeliz.

Mas a vida, meu amigo, essa linha não cronológica dos dias, quase sempre surpreende a gente. Testa nossos limites, nos tira da tal zona de conforto e nos leva para a liberdade. Em uma dessas voltas que ela deu, acabei encontrando uma parte minha que faltava. O eu que ainda morava aqui dentro, mas, tal qual um vulcão, seguia adormecido.

Você conseguiu me entender, amigo? Eu acho que encontrei algum resquício de felicidade. E tem olhos lindos! Um sorriso, ah, um sorriso que quase me embebeda. E eu, eu redescobri como é enfrentar 24 horas do desconhecido com uma cara de bobo estampada e os dentes à mostra.

Imagino sua cara de espanto ao ler isso, já que até meus olhos parecem brilhar só por essas palavras, mas o amor, esse sentimento que a gente nem sabe bem de onde vem, ou onde se esconde, no fundo, ou melhor, no raso, é tudo que quase sempre nos falta para ser feliz.

Que feio dizer isso, mas eu realmente achava que havia

me acostumado a não ser feliz. Na verdade, é difícil se contentar com qualquer outro lugar depois que se conhece o paraíso. Ainda mais se ele tiver a forma de dois braços.

Aquela vontade enorme de morar num abraço. Um desejo quase vital de que o tempo pare por alguns minutos, pra nada, absolutamente nada ser mais intenso que dois corações pulsando juntos.

Sabe, amigo, eu achava que sorrir era só uma reação momentânea, coisa de quem ouviu uma piada engraçada que cinco minutos depois deixa de fazer o menor sentido. Mas quando se está apaixonado, ah, eu consegui dizer apaixonado? Então, quando se está apaixonado, topada na quina da mesa é motivo pra gargalhada. Ou, pelo menos, é assim que eu finalmente me sinto.

TALVEZ SEJA AMOR

E então disse Charles: "Como pode dizer que ama uma pessoa quando há dez mil outras no mundo que você amaria mais se conhecesse?" E antes que eu pudesse formular uma resposta, ele mesmo completou: "Mas a gente nunca conhece."

Ou talvez conheçamos dez mil outras pessoas por quem gostaríamos de nos apaixonar, mas elas não são aquela pessoa. Podem ser melhores, mais bonitas. Podem nos fazer rir mais, gostar mais da vida. Podem tudo, mas a única coisa que não podem é: ser aquela pessoa.

Talvez amar seja não precisar nem um pouco, mas querer mesmo assim. Talvez amar seja tanta coisa que hoje eu desconheço ou finjo desacreditar. Talvez amar seja esfriar, seja aquecer, seja abraçar, seja morder. "Talvez" é a palavra que melhor combina com "amor". Talvez seja tudo, ou seja nada, ou talvez só seja. Talvez amor, amor talvez.

O amor só é amor quando traz aquela dúvida, aquele pensamento, aquele fechar de olhos na música lenta, aquele querer dançar junto na música agitada.

Desconfio que amar não seja lembrar o tempo todo. Amar é lembrar no momento oportuno. Não é ligar quando ficou preso no trânsito, no barco ou na vida. É ligar quando a vontade pedir. Não é encontrar porque é cômodo, é encontrar porque a saudade é incômoda. Talvez amor, amor talvez. Talvez seja, ou seja talvez. Talvez. Seja.

amar é ter tudo, mas sentir falta daquela pessoa.

Amar é ter tudo, todos, mas sentir falta daquela pessoa. A gente sempre pode conquistar o mundo. A gente pode ganhar rios de dinheiro. A gente pode conhecer lugares novos, pessoas novas, beijos novos, toques novos, carícias novas. A gente pode tanta coisa nesta vida. A gente pode voar, a gente tem o céu com tantas estrelas ainda não vistas. A gente pode tudo, mas sente falta daquela pessoa.

Aquela pessoa pode não ter nada, pode não ser ninguém. Aquela pessoa pode não me proporcionar status, lucro financeiro, relacionamento de fachada. Aquela pessoa pode não me dar o melhor que ela pode ser. Aquela pessoa pode esconder o jogo. Aquela pessoa pode ser tudo, menos deixar de ser aquela pessoa.

BESTEIRAS DÉMODÉ

Não se assuste se, em uma noite qualquer, eu fingir que peguei no sono e ficar assistindo você sonhar. Não se assombre se meus olhos brilharem no escuro ao ver você dormir. Assim, com essa cara amassada, com os cabelos bagunçados que tanto gosto. Um corpo largado que quero usar de cobertor.

Talvez você não saiba, mas poucas, muito poucas vezes, as estrelas se alinham para que encontros como o nosso aconteçam. Na verdade, era dia, fazia até calor. A nossa estrela foi o sol. Como você me disse certa vez, algumas pessoas passam a vida toda esperando pelos momentos que nós, os sortudos apaixonados, vivemos. E que sorte a minha ter encontrado você.

Além da aparência semelhante, tínhamos blusas também tão parecidas, coisas que parecem mentira. Pretas, as duas, impossível esquecer. Detalhes que falam por si sós, como as linhas iguais nas mãos, o mesmo castanho nos olhos, que por falar neles, ah... Aquele seu olhar, que se não foi flecha do Cupido, passou perto.

Me sinto ridículo, é isso. Ridiculamente brega, cafona, démodé dizendo essas besteiras. Nos últimos dias, venho ensaiando dizer tanta coisa, mas queria fugir dos clichês óbvios dos apaixonados. O problema é que só eles, os perdidamente enlouquecidos, conseguiriam me entender e transcrever em palavras exatas o que eu sinto por você.

A parte negativa das palavras usadas tão frequentemente

algumas pessoas passam a vida toda esperando pelos momentos que nós, os sortudos apaixonados, vivemos.

é que, com o passar dos dias, elas se desgastam feito folhas de papel entregues às traças. "Eu te amo" já é pequeno demais perto do que sinto por você. Talvez não tenham ainda inventado uma palavra que consiga resumir esse sentimento. Neologismo nenhum daria conta disso...

Sempre que me perguntam sobre a gente, digo que vamos bem, mas sem muito alarde, sem grandes informações, sem mais detalhes. Na verdade, não sei como ou o que falar. Completo sempre, pedindo para que vejam com os próprios olhos. Quando eles testemunham a nossa sintonia, é desnecessário responder a qualquer pergunta. É tão fácil me achar em você. Sempre tem algo seu perdido – ou melhor, achado – em mim.

Carreguei comigo, a vida toda, a teoria de que quando os casais são, de fato, almas gêmeas, a gente consegue olhar para um e enxergar o outro. Fisicamente, talvez, mas principalmente pelo brilho da alma. E eu me vejo em você. E sinto você também como um reflexo meu.

Disse outro dia que sou fã de pessoas do seu tipo. Gente que consegue transformar momentos banais, encontros casuais, tarefas rotineiras – como pagar uma conta, ir ao banco, apostar na loteria – em momentos únicos. Só por isso é tão difícil escolher um favorito com você... Todos me lembram desses seus olhos sorrindo, o gosto do seu beijo, seu cheiro. Ah, seu cheiro...

Me sinto em casa nos seus braços. É como se eu tivesse

esperado a vida toda pra morar neles. Como se o mundo, literalmente, parasse de girar. E só existissem os nossos corpos. Aquele momento.

Agradeço a Deus, todos os dias, de joelhos, pela nossa união. Peço a ele que me deixe ser capaz de fazer você feliz. Imploro que nenhuma inveja, mau-olhado ou agouro seja forte o suficiente para sequer tentar nos afastar.

Sua voz me diz sempre que sou um oceano. Mas respondo, assim, baixinho, como quem fala ao seu ouvido, que vamos mergulhar juntos, sempre e cada vez mais, em busca da nossa felicidade nesse infinito mar do amor.

Ainda temos muitas águas para desbravar, mas se me der o prazer da sua companhia, ficará muito mais fácil remar. Ou então que falemos, nós dois, em coro, aquela frase que termina em: "lindos juntos".

MEU JEITO DE DIZER "EU TE AMO"

Talvez a chuva, o frio, a noite, a saudade ou uma combinação disso tudo mexa comigo. É que por mais que eu finja ser o tipo de pessoa que não liga, que não se importa, que não está nem aí, eu estou sempre aqui, esperando um carinho, um afago, um alô, um amor... você.

Às vezes a gente caminha na vida buscando um abraço quentinho para terminar a noite depois de um dia inteiro que parecia não ter fim. A gente só quer alguém pra morar junto, agarrar, se esconder feito ninho. Dormir em concha, em paz. Alguém que venha e transforme a nossa agitação em calmaria. Alguém que coloque a insônia para dormir contando carneirinhos. Que alise nosso cabelo e assista a nossa respiração.

Não sei se você também já se sentiu sozinho, vagando por aí, procurando desesperadamente um lugar para pertencer, para chamar de seu. Não sei se você já beijou alguém esperando que alguma coisa o arrepiasse e mostrasse só com o olhar que era pra ser, mas não foi, não era, não deu...

De tanto cair, levantar, tropeçar, deixar os dias passarem, empurrar com a barriga, a gente parece que acaba desistindo. Desistindo de ter um abraço quentinho para terminar a noite, depois de um dia inteiro que parecia não ter fim. A gente simplesmente segue. E os dias passam sem cor, sem vida, sem aquele carinho.

E seguimos tanto que acabamos assim, esbarrando em nossos próprios sonhos. Eu esbarrei no meu sonho. Como

Eu sempre quis um
amor como você.
Que veio pra ficar.
que me dá
vontade de ficar.
que coloca minha
insônia para
dormir. que alisa
meus cabelos e
assiste minha respiração.
que acalma
meu coração.

em cena de filme, aquele alguém aparecesse e chegasse pra mudar tudo de lugar e trouxesse cor, vida, aquele carinho que tanto queríamos ganhar. Alguém que preenchesse todo o ambiente, que roubasse nosso ar, que se arrepiasse, que nos fizesse arrepiar. Que nos deixasse morrendo de vergonha só por não conseguir parar de nos admirar. Olhar. Desejar.

Outro dia, depois que você chegou e fez de mim seu lar, pedi que não deixasse a gente ser como aquele casal, apontando para a mesa ao lado. Era noite, era frio, parecia com o dia de hoje, mas tinha um par que parecia se desconhecer. Cada um olhando para o lado, vendo a vida passar, sem trocar sequer uma única ou última palavra. E juramos que nunca seríamos assim. Não deixaríamos de nos olhar, tocar, abraçar, agarrar, beijar, cheirar e conversar. Quando o silêncio fosse necessário, seríamos cúmplices, companheiros.

Depois que você chegou e fiz de você meu lar, lembro que me pediu para não deixar nada nos afastar. E não perder essa vontade louca de querer sempre falar, entender, aceitar, ponderar. E não deixar nunca o assunto morrer, entristecer, esmorecer, apodrecer.

Eu sempre quis um amor como você. Que veio pra ficar, que me dá vontade de ficar. Que transforma minha agitação em calmaria. Que coloca minha insônia para dormir cantando. Que alisa meus cabelos e assiste a minha respiração. Que acalma meu coração.

Hoje posso dizer que já me senti sozinho, vagando por aí, procurando desesperadamente um lugar para pertencer, para chamar de meu. Mais daí você surgiu. E, ah, talvez a chuva, o frio, a noite, a saudade ou uma combinação disso tudo mexa comigo. Ou então eu só estivesse procurando mais um jeito bobo, um jeito novo, um jeito meu de dizer que te amo. Durma com os anjos. Sonhe bonito, que a gente arruma um jeito de realizar.

E AÍ ME VEIO VOCÊ

De todas as coisas mais gostosas que a vida já me proporcionou, você foi a melhor das provas de que eu estive errado durante muito, muito tempo. É que eu dizia aos quatro ventos, passeando por todos os cantos do mundo, e diante das mais diferentes testemunhas, que o amor existia, mas ele não era pra mim.

Tinha certeza absoluta de que nunca esse sentimento puro, forte, intenso e sinestésico iria sorrir pra mim. No máximo, iria acenar de longe, estar no mesmo espaço, cruzar comigo numa dessas avenidas abarrotadas de pessoas, no ônibus, no metrô, no avião, em qualquer canto. Menos dentro do meu abraço.

E aí me veio você. Com esses dentes à mostra, com esse olhar de quem queria descobrir o que eu escondia por trás dos meus olhos castanhos. E se aproximou com uma voz doce e marcante, que eu seria capaz de reconhecer em qualquer lugar ou em uma ligação ocasional, de quem sente saudade no meio da tarde e precisa fazer qualquer contato, por menor que seja.

Você surgiu para mim quando eu já havia lavado as mãos, entregado os pontos, deixado toda essa ideia de paixão pra lá. Já tinha, para ser sincero, tentado de tudo. Balada, shopping, cinema e shows sozinho, viagem, passeio turístico, aplicativos (segredo, tá?), enfim... Talvez nenhuma das minhas outras tentativas tenha dado certo porque o universo, esse senhor que gosta de rir das minhas desventuras, estava só esperando o momento certo de me apresentar a pessoa com quem eu quero, quem sabe, me casar (seria isso um pedido?).

Gosto quando você, de uma forma extremamente constrangedora (diga-se de passagem), para tudo o que está fazendo e, em silêncio, fica por segundos, minutos inteiros, me olhando. Assim, com uma cara meio boba de quem ama demais e é feliz por isso. Quase que uma contemplação, sabe? Tem coisa mais linda do que isso?! Ser amado? Amar de volta? Ser (meu Deus, uma palavra quase que em extinção) C-O-R-R-E-S-P-O-N-D-I-D-O?

Amo de uma forma que eu dizia aos quatro ventos, passeando por todos os cantos do mundo e diante das mais diferentes testemunhas, que nunca amaria. Que nunca acharia a quem amar. A quem entregar os pedaços do meu coração para me refazer e me deixar, mais uma vez, inteiro. Só que dividido em dois. Metade com você, metade caminhando ao seu lado, meu amor.

Te amo.

E amo muito.

Muito mesmo.

Eu achava que o amor existia, mas não era prá mim. Você foi a melhor das provas que eu estive errado por muito tempo!

INFORMAÇÕES SOBRE A SEXTANTE

Para saber mais sobre os títulos e autores
da EDITORA SEXTANTE,
visite o site www.sextante.com.br
e curta as nossas redes sociais.
Além de informações sobre os próximos lançamentos,
você terá acesso a conteúdos exclusivos
e poderá participar de promoções e sorteios.

www.sextante.com.br

facebook.com/esextante

twitter.com/sextante

instagram.com/editorasextante

skoob.com.br/sextante

Se quiser receber informações por e-mail,
basta se cadastrar diretamente no nosso site
ou enviar uma mensagem para
atendimento@sextante.com.br

Editora Sextante
Rua Voluntários da Pátria, 45 / 1.404 – Botafogo
Rio de Janeiro – RJ – 22270-000 – Brasil
Telefone: (21) 2538-4100 – Fax: (21) 2286-9244
E-mail: atendimento@sextante.com.br